邱妙津 日記

1989 - 1991

那樣的荒涼是更需要強悍的 —— 賴　香吟

目次 │

序

那樣的荒涼是更需要強悍的

妙津與我相識於一九九○年初，同年同校，不過，若非那年出版社企畫一本《台大小說選》，把幾個當時發表了一些文學少作的朋友聚在一起，妙津與我大約是不可能遇見的。

的。

那次會面開啟了我和妙津的長久友誼（雖然她後來因為先行出版小說集《鬼的狂歡》而退出了《台大小說選》作者群），我們並非十分相似的人，卻奇妙而無偏見地分享了情感、知識、生活，與其說我們因為發現彼此的心靈如何契合而成為朋友，不如說我們因為發現彼此到文學觀的差別，而在這些差別的傾訴與理解之間，發展了柔歡的情誼。

九一年我們從大學畢業，方向愈趨不同，屈指可數的幾次碰面裡，我繼續分享她打算寫幾個長篇小說的決心，以及找到工作、辭去工作的點點滴滴。想起來，朋友一場，我們真正在一起的時間並不算多，彼此出國之後更幾乎失去聯絡。妙津的《鱷魚手記》於九三年底開始連載

於報刊時我並不知情，直到九四年夏天我回台灣在書店看見已經成書上架的《鱷魚手記》，她這一步不僅驚動了我，或許也是華文文學書寫的一個驚動。

就在我看完《鱷魚手記》後不久，鬼使神差地，久無音訊的妙津，從巴黎發了一封明信片到我台南老家，輾轉到我手上，倉皇口氣，彷彿深海之中文傳來她的求救訊息。此後，即是一連串宛如驚濤駭浪，時而清醒昂揚，旋又急墜深谷的悲劇的發生。我曾相信她能以「寫」來度過生命危機，她也想要這樣做，這就是後來《蒙馬特遺書》的創作。可惜，某些電光石火終究還是在某些瞬間，將她推落死亡黑洞。妙津於一九九五年六月二十五日以自己的方式結束了生命。最後時刻，她給我打了越洋電話，除了告別，留言要我代為處理書籍文字。那年夏天，我再度回到台北，無可選擇收下她在法國的友人所帶回來的禮物：幾疊文件、書稿與日記。其中，《寂寞的群眾》與《蒙馬特遺書》已相繼出版，餘下來的，數量最多的是日記。

早從相識之初，妙津伏案寫日記的姿勢便使我印象深刻。嚴肅、專心、不被打擾，宛若儀式的完成，無論歷經怎樣的遷徙變動，她總把這些日記帶在身邊。我知道，這些日記是她最大的財產。她的很多作品也都可以在日記裡找到雛型。她不僅是抱著記事心情寫日記，而是藉此嚴密審視自己的心緒，把驚人的誠實，熱情投注在這裡。這些日記，也許不該只是一份給我個人的禮物，依她性情文格來看，日記的選輯出版應該也是未嘗不可。

序

呈現在這裡的兩冊日記，選自大學時期與留法時期，絕大數依原狀態編輯，不過，若遇明顯誤字或漏字導致詞意難辨，則適度加以修訂。有些地方出現較大的時間空缺（如九二年八月至九三年八月），推測是已將日記斯去另作他用。此外，為免不必要的傷害與揣想，對人名、地名做了些處理。寫於日記週邊的摘要備忘，盡可能保留下來。同時，妙津一些隨手拍下的照片或生活物件，也為美術編輯增添了不少靈感。日記出版經過十來年延宕，一是基於對相關人物以及隱私權的保護考量，二亦盼望流言塵埃落定。在她短暫生命所僅有的四本小說集之外，這些日記將展現她豐沛、熾熱宛若火山能量的心靈世界。

除了盡到一個編者說明，我無意多言妙津其人其事。關於悲劇的發生，很難有人能說清楚始末因由，也沒有人有絕對的代言權。我只能接受，傷害千真萬確發生，死亡無可換回。然而，與其苛責自殺是混亂與弱者的結果，我毋寧相信，在最後時點，妙津亦需要十足的強悍。一瞬間，她對人生可能看得比我們更清明，只是，她堅持就停在那一瞬間。

人生何其美。但得不到也永久得不到，那樣的荒涼是更需要強悍的。

這是妙津日記所留下的最後一句話。

二〇〇七年九月一日

賴香吟

寬闊

自由

1989

五月十八日

（1）這個禮拜停止給C寫信，明天星期五該給她送信，但這兩個月我給予她的忠誠就到今晚為止，明天她將發現我的背叛，且要漫長地承受我背叛的惡。

（2）終於找到編劇班，外一章和水瓶座劇坊合辦長達六個月的專業訓練課程，我可以如我計畫安排新一段生命，且一償垂涎戲劇的宿願了，又幸運地掉進一個寶庫。老爸仍無條件支持。

（3）下禮拜馬森將只看到我的作品。

（4）陳姊邀請我到她家，還要做飯給我吃。

（5）買了村上春樹的《挪威的森林》上中下，它是賣六百萬本的奇書。

（6）今天發現許多新資源（電影視聽館、余光音樂視聽中心、暑假登山活動、企管研習），此外，原定就有的活動（熱門音樂會、畢卡索畫展）。

（7）英文也在科目找到學習的靠山。

（8）上完小說，把茶壺的茶潑在祕書室門口，大笑，別人也開心。

（9）今天破天荒念了七小時心測，下午五小時，晚上回家又兩小時，我竟又能在夜歸後啃教科書，像回到國中，那個恐怖的無敵鐵金剛似乎又要回來了，真幸福。

五月二十一日

十九日親口告訴C要棄她不顧了。雖然準備了整整一個月，但還是承受不起。我的心裡又沉重得移不動步履。我不敢去想起這樣一通電話的內容，我把這塊記憶封鎖起來，不想也剛好無能去回想，是因為太痛苦了嗎？還是比較能不在乎？或是因為二十歲了想理智地在前活？但我知道我有負擔，我體內有硬塊消化不了，所以不安。必須砍斷很多舊的葛藤才能向前走，能去砍斷是因為喜歡向前走了。

兩個月內我的轉變為什麼這麼大呢？由極愛到完全不愛，可能是以前抑制我不愛的部分，而現在抑制我愛的部分，而分別只能感覺到極強的愛和不愛，並同樣對這兩種感覺的確定性懷疑。從前我似乎對於自己是誰，需要什麼非常清楚，甚至有遠超乎一般人的自信，所以在判斷自己感覺愛不愛時總是很確定，而如何在行動上去愛或不愛也總是很堅定。但現在我發現自己新的體質，是我所未了解的，所以必須重頭回去問我是誰，我需要什麼，因此推翻我原既定的強烈感覺，不愛代表的可能是懷疑愛的成分遠大於否定愛。

由愛而不愛傷害我，但能讓她痛苦使我得到一種樣相的愛，只有她為我深深地痛苦時她才感覺得到我對她多重要，她自己有多愛我，也才能體會到我所給她的愛有多深，她需要時間去消化我的愛和愛的痛苦，痛苦得愈深，依賴才愈深，也才愛得愈深。

五月二十五日

看完《挪威的森林》，渡邊、直子、木漉、阿綠、玲子、初美、永澤、直美死後我嚎啕大哭，渡邊說，「木漉停留在十七歲，直子停留在二十一歲，永遠地。」分離是多巨大的傷痛和寂寞，但活著的路上卻只有分離。渡邊躲在流浪的睡袋裡哭泣。

我不斷地哭，聽別人講笑話時，聽重金屬演唱時，坐在重慶南路邊時，搭計程車時，看《挪威的森林》時，喝酒時，睡著後，昨天我看到自己眼泡浮腫，我嚇到了，因為我並沒流淚那麼多，莫非是睡夢中流的。而我邊嚴重地流淚邊想我沒理由這麼流淚的，因為事情很單純。

五月二十六日

想像渡邊那樣睡在海邊躲在睡袋裡哭泣。我渴望。但我現在卻覺得什麼也動不了，像睡在垃圾堆上，混亂怎麼清也清除不了。覺得一切都來不及了，什麼都無能。我的所有好像又散落一地。

五月二十八日

昨晚搭火車來到高雄，投宿在飯店。我喜歡自己擁有這樣一個房間，大窗、大床、冷氣、浴室、地毯、電視，那種封閉的擁有感。但這些卻也是物欲的枷鎖，雖然是享樂卻必須用我部分的自由換取。我一向是個金錢的揮霍者，但其實物質需要很少。木心說：「人類社會的整體觀念結構，能遷就的遷就，不能遷就的便退開，為了取得退開的動能性，花了數十年功夫。」我還是想從物質結構中退開，縱容自己在精神結構裡做個「抵賴不掉的享樂主義者」。物質結構太令我憎惡和恐懼了，我的心只能被精神盤據，必須努力取得退開的動能性——「動能性」這三個字就是我和世界關係裡的關鍵字。

搭了六個小時火車，除了經過員林那站我哭了外，其他時間我無法思考我和 C。如果用最簡單的話說，那就是：「她不是我所需要的人，我無法從她身上得到幸福。但我迷惑她是我所能遇見最好的人了，我恐懼失去她將殺死我主要那大塊記憶體。」關於「否定和肯定」這兩極感覺的不斷分歧使我迷惑，我感覺不到愛她，想將她徹底從精神裡驅趕走，但卻恐懼這樣做的愚蠢，因為那將使我陷於徹底孤獨。這種「徹底孤獨」的屬性是這樣的：「雖然我們的相愛方式可能有些問題，但無疑地，我深愛著直子，我內心中存在著一大片只有直子才能觸及到的空間。」——它可能為我帶來兩種嚴重後果：

（１）立即掉進死亡的泥沼，且要在這無盡的泥沼裡掙扎到我對於「等待幸福」絕望。

（2）那塊被她獨霸的記憶體將使我慢慢地意識到自己要被鎖死在裡面，是任何人進不來的一大塊。

我得解釋為何這個禮拜我「一下子就腐爛掉了」——由於那通電話「砌築於脆弱根基上的未來幻想之城，一瞬間崩塌了，只留下死寂的一片平面而已。」由掛電話的那個動作抽掉最底下的那塊磚頭開始，然後很快地整座三十歲後的未來建築都瓦解了，以抗拒三十歲的未來發出最大能量的怒吼。也許意識的屬性是全盤遺忘那通長達七個小時的電話內容，但潛意識的屬性卻是被那些話如蜂窩般地戳爛了，而戳爛了的痛感要慢慢地才傳得到意識，且遺忘也要一點點地被揭開，很久後理智才能恢復功能，找到遺忘的核心。

那通電話裡我所說的話向內殺傷了我這較向外殺傷她嚴重，為何會有這種殺傷呢？——我必須承認我的潛意識裡已長出一個「內在的女人」，這個女人珍惜我、心疼我、依戀我且獨霸我，是完美的母親和情人混合體，他保護我且渴求著我的保護，這個女人是怎麼揀製出來的呢，是用我從C身上感受到的東西做成的。但實際的CC和內在的女人是分開的兩個人，或說潛意識的C和意識的CC是分開的兩個人，我的內在女人很可能完全就是潛意識的CC，但此刻我的痛苦是我混合著待她們，我目前的悲劇是「由於還無能把這個女人分開對待，而必須放棄『對待』這個東西」。

當我混合待她時，潛意識渴望被她愛渴望得逐漸累積痛苦，意識則根據現實原則抗議無限累積，而要企圖切斷。當我分

開對待她時，要把意識裡的愛驅趕乾淨，以確知自己潛意識的愛來允許意識表現出不愛，但只要意識到更多不愛就會產生傷害。當我放棄對待她時，意識非但把愛驅趕乾淨，更霸道地否定潛意識愛的存在，這就如同那通電話裡的情況，我以最理智的話向外待實際的她，最後卻向內把自己的潛意識腐爛了。

現在處於愛和不愛兩極分裂的範圍裡，只要分裂，則多愛使意識罪惡，多不愛則潛意識罪惡。若要使意識和潛意識統合，就必須接近或逃開，接近統合成愛，逃開統合成不愛——此刻意識固著於不愛，潛意識固著於愛。我要努力維持平衡狀態，動將增加痛苦。

	我		她		
	意識	潛意識	意識	潛意識	
混合對待	3	1	2	1	7
	X	V	V	V	
分開對待	2	2	1	2	7
	V	X	V	X	
放棄對待	1	3	3	3	10
	V	X	X	X	

潛意識 ↔ 意識

愛 ↔ 不愛

渴望 ↔ 解脫

接近 ↔ 逃開

五月三十一日

今天跟L談了一個早上，我突然發現愛產生的祕密和性高潮的祕密很像，每個人都有幾處敏感帶和唯一最敏感帶，只有刺激到敏感帶才會產生愛，而愛也和性一樣，絕大部分的時間是靜態的精神記憶，只有少數的點才能刺激到愛的高潮點，而只要是記憶就具有時間的磨滅性，只要是刺激就具有生物的疲乏性——所以愛終歸是一種稍縱即逝的心理狀態，只有精神記憶是永恆的。我永遠拒絕相信形式，形式箝不住實質，只有實質才能創造形式。沒有關於形式的神話，所以也不用對實質絕望，等待什麼形式是愚蠢的，享受存在的實質才能握住生命。未來不值得謳讚現在的擁有感，因為我更拒絕相信未來。

六月一日

抛棄別人是我很大的主題，我怕我又要拋棄C。彷彿已經得到她後就得快拋棄她，或說在她最依賴我而我能完全控制她後，我就得快拋棄她。我到底為什麼？因為怕她終覺悟到我是女的而不要我？要不就是根深蒂固的「自卑」。我希望自己自由死活不要讓別人干擾我的精神，我渴望自由。但沒有她我會自由嗎？這個問題我更得思考，這幾年來沒有她我真的的自由過嗎？而我真的會找到另一個女人替代她嗎？不，她幾乎是母親和情人的原型。我根本像個男人一樣需要這種女人。

我得堅強起來，把自己照顧好，照顧好我的生活秩序和屬於我的事物，成為一個完整而獨立的「成人」。因為我必須完整而獨立才有資格去照顧C。我想保護她，愛她，讓她可以依賴，這之前我自己不能很雜亂，無法控制。雖然我可以保持心靈的七彩變化——紅橙黃綠藍靛紫，但生活結構必須切實完整。割得很整齊，沖洗得很乾淨，我得負責。

我的那個關於「自律」的大洞是我二十歲起要全力彌縫的，一點一點地彌縫，這是我唯一的缺陷，彌縫好了後就能起飛了。不要慌，給自己一些時間。因我知道我要飛往的方向，我要飛翔，我要修補翅膀。所以我不願再殘破地被拋在原來的地方。

生日那天已向C承諾（既然接受二十歲，就會嚴肅地去長大。）

長大是：（1）照顧好自己。（2）對C負責。（3）朝未來起飛。

六月八日

從四日中共鎮暴部隊開進北平後，這幾天一直都籠罩在新聞
媒體的疲勞轟炸中，這些強迫侵入生活裡的聲音不斷在告訴
我「感動、哭吧。中國發生了一場大屠殺，而你是一個中國
人。」我很笑兀，一方面我也覺得不該冷漠，該感動、參與
中國人的命運和產生同體感，另一方面卻又討厭這種單調、
一成不變的疲勞轟炸，覺得一切的流血犧牲終歸於無謂，更
遑論局外人的激昂與憤怒，任何感動的情緒和聲援的舉動都
帶點可笑的成分──只因為事不關己，產生不了切膚之痛，
沒有動機投進去。

這幾天，很不安定，除了外界的動盪外，我和C的關係也產
生戲劇性的變化，我的心浮盪得很厲害。

三島每天寫作六小時。

六月十日

三島啊，告訴我哪裡是我文字的領域，指給我一張地圖吧，我的文字是愈來愈貧庸俗了，我什麼也看不到感受不到，我的眼什麼也透視不了，只是兩窪空洞的凹坑罷了。我無法在愛裡發現什麼新義，一切是如此虛妄和無聊，重複的演繹，欺騙的醜陋，我用力把悲傷向上推，每天都向上推，然而我還是很容易悲傷，很容易被悲傷壓住，我不知道我又能信任誰。鳥人又在呼喚我，不要跟世界有任何關係，不要承擔任何責任，不要讓自己被任何不願的事扭曲，不要被任何人所沾惹，當猛然清醒停止幻想時，才發現愛是自己投射上去的幻影，只因飢渴。悲傷和絕望的狂暴。

日記只是寂寞的補白，除了重疊無創意的情緒外，就是無數生活裡的噪音，更像個垃圾桶，只是我需要收藏大量的垃圾才能為我活過的生命壓榨出幾張乾燥的標本。但這些都是垃圾，當我發現它們確實無能幫我生活得好時，我認同三島最後把它們通通燒掉。

過了二十歲，我反而渾渾噩噩起來。二十歲前生命是要瞬間燃盡的短暫存在，每一日的灼痛都值得吼出最致命的哀嚎。但二十歲後，我不再是主人，而淪為時間的奴隸，一個必須推著時間磨子的奴隸，要收斂起我的每一聲哀嚎，攢進肚皮底下，「推動磨子」是我的全部形貌和存在的代表符號，二十歲之後我只是一個奴隸編號。時間，它在大笑它的勝利，我再也沒有機會打敗它，它有無數個士兵，我這個鬥士根本依然不完，只有放棄當一個憤怒的鬥士，乖乖地被編入無言的檔案裡。

又貪婪地吞嚥戲劇和搜括戲劇的糧食，腦裡盤旋的也是關於如何品評一個劇本的問題和我那第一個舞台劇本的構思，這樣的我是幸福的。

1
2
3
4
5

性愛 — 死亡
— 幻象 — 滅絕

六月十三日

「無能創造生活」這句話很可怕，我也許有能，但卻不知要創造什麼樣的生活。金錢、時間、感情這三種東西都被我慢無節制地拋擲到創造生活的偉大工程裡，生活是被三種東西堆疊出的，但我真的擁抱住我的生活創造物了嗎？我的懷裡好空虛，笑聲眼淚都好虛妄，我過的是一個沒有真實感的生活，我所擁有的全是會瞬間幻滅的東西，我努力地想去創造出真實感來，但仍然緊不進真實裡，總是浮在生活的上空，像被永遠放逐的人。三島的渴望死是因為「從沒真實地存在過」，毛姆說「他一生都像在另一個地方觀看著自己在一座海市蜃樓裡演出」，我不知我們這群族類為什麼會這樣，但卻只有當我和他們緊緊貼著心時我才能不寂寞，只有我深浸溺在他們深邃於一般人的內心世界時才覺得滋潤，所以我也願獻出我的一小窪內心世界，參與這群族類的遊戲。

代替「創造生活」的最省力方式是「遊戲生活」，我不斷地替自己卸除苦役，尋找樂趣，但寂寞、空虛、恐懼總是如影隨形拖在我身後，我似乎總在它們的操縱中，擺脫不了它們在我的生命核心所發生的腐敗作用。我保護自己的方法是讓自己保持隨時能把自己裝扮得光彩奪目的實力，隨時睜開一隻眼注意流過生命裡能被我截取的食物，維持我社會高級主人的資格。「資格」是我最後不能揮霍掉的，因為它保障我的揮霍，讓我可以揮霍得從容自在，這是我覺得自己矛盾的地方，因為我總必須為了這個「資格」做原沒喪失資格之虞時所做相反的自己，其實是背叛。我努力地朝著「解放自己」的路驅趕自己，訓練自己傾聽內心真實的需要，不要被別人的看法與感覺所干擾，不要被社會的繁瑣價值所奴役捆綁，但那「內心真實的需要」總是部分緣自我權觸犯社會價值和被別人眨為沒價值，更坦白地說：「需要當社會高級主

人和需要被別人認為有價值」這是我根深蒂
固的兩種高級需要，它們於現階段的我是高
級需要，但是真實需要嗎，這是一個辯證的
命題。

在我需要的國度裡，容納了兩種東西，一種
是「自由和解放自己的需要」，一種是「高
級主人和被認為有價值的需要」，這兩種卻
彼此衝突，我無法完全擺脫後者成全一個徹
底自由的自己，又無法割除前者全力追逐一
個站在社會顛峰的自己，只能捉襟見肘地遮
遮掩掩，慌亂地奔跑著去餵食飢餓的這兩種
需要。但我可感覺到我生命愈來愈傾向強化
自由的需要，自由和解放的渴望在我體內膨
脹又膨脹，要把達到社會價值需要趕出真實
需要的國度，這種聲音愈來愈大，滿足社會
價值愈來愈困難，強迫著去達到安全標準愈
來愈痛苦，愈來愈發現自己喪失完成不喜歡
事情的能力。滿足這兩種需要後的感覺是不
同的，前者是時時刻刻的意義感都很飽滿，
較少無謂的痛苦和負擔，生命較接近活著；
後者則是為了瞬間的狂喜和興奮，卻得長期
受苦和背負重擔，而爬昇到一個社會地位的
標籤之於狂喜，卻沒實質的擁有感，而更像
件招惹別人識出某種仍歸屬於社會價值的衣
服，且在獲得這件衣服前卻必須剝奪我長期
的意義感。注意「飽滿的意義感」和「實質
的擁有感」這兩種東西的決定性。

六月十六日

在〈假面偶的戰役〉的戰役裡，最後我棄械逃逸了，今晚十點搬離汀州路的廢墟，進駐我上大學後第四個巢穴。

從星期四傍晚收到惡魔的信到星期五的此刻我安穩地記纂，這段進程依舊保持我一貫的戲劇化，節奏快得像強力壓縮的彈簧彈爆開。我想最簡單的自剖：（我被惡魔不小心地刺到最隱私的痛點，而產生超級「退開的動能性」，激發原始保護和治療自己的潛力，把整隻身體從泥沼拔拉起。）

從今以後，每日的功課以創作取代日記，創作將當我生活的第一順位，創作也將當我依賴消除長夜寂寞的第一愛人。

六月十八日

「生有何歡，死又何懼」，真的，生有何歡，我今年二十歲但已染患「快樂無感症」，再在前活下去，不知是為了什麼。我和別人所擁有的也沒有兩樣，只是我太不快樂了，我不喜歡活著，這又是怎麼形成這個我的呢，天生吧，答案只有這個。

又從一個人那裡逃開，換了塊容身之所，沒什麼的。太宰治經過常子、靜子、吉子三個女人，靜子和他相偕殉情死了，他從靜子那裡逃亡出來，吉子則悲劇地被他遺棄，沒什麼的，活著都是這樣。終歸得一個人，沒什麼的，只是又因著一個人挨過三個月活著，是這三個月特別，而並沒損失什麼。

再活看吧，為著創作與好奇，等等看那個陪伴我的人會不會出現。

要全力防止寂寞與癱瘓。

六月二十日

自從看了馬森的《獅子》和太宰治的《人間失格》後，對人與人間的傷害特別恐懼，彷彿被馬森用「獅子」這麼一形容後，我就在心裡不自覺地接受了這個名詞，且當我發現獅子正是我對人的原始感覺後，深深地顫慄。

我必須在浪跡天涯海角隨機所遇的人際組合裡當個最輕鬆最有實力的主控者，因為我的流浪年齡使我洞察這一切微妙的運作樞機，也因為我所期待於自己的堅強度使我無權受這種運作的傷害，它們要是我眨眨眼即灰飛煙滅的內容。我得武裝自己成為沒人傷害得了，我得保護自己不受外界環境的侵犯，這是我基本的生存條件，我根本在乎不了別人了。

人與人間總是不經意就變成獅子了，先是其中一個咬對方，然後回咬，互咬，恐怖得很，變成獅子的時候。連相愛的情侶也一樣，彼此突然像獅子般互咬，想到自己終得狠狠地咬掉C的一大塊肉。又想到她是如何地咬掉我的一大塊肉，恐怖啊。愛一個人卻要更狠地傷害她，我不知道這是愛嗎，愛難道不需徹底奉獻、犧牲自己嗎？

六月二十一日

村上春樹，我二十歲認識的大朋友，真是有幸認識他，活著就是要認識這麼巨大的朋友，但生活世界裡難覓，只有文學世界裡有，但也很難覓。我的三個日本大朋友——三島由紀夫、太宰治、村上春樹，有他們我就少寂寞不少。

曾記得那個姓查的男生告訴我「我覺得自己很需要別人照顧」，我沒接受他是因「我覺得自己也很需要別人照顧」。想及C的無辜，她就是被我選定「需要別人照顧」的別人，我別無選擇，把全部的能量集中在她身上，摧毀了她。摧毀了，「我需要別人照顧」的聲音仍迴響在我睡眠裡，她仍然是別無選擇的別人，摧毀和不摧毀沒兩樣，她一樣無辜地承受我能量的集中。愛——需要別人照顧，而無所選擇集中能量。

（六年裡我埋葬了三隻貓，燒掉了幾個希望，把若干痛苦捲在厚毛衣裡埋進土裡，一切都在這無從掌握的大都市進行。）

（語言終將消逝，夢也將破滅。正如那原以為會永遠延續下去的無聊青春已不知消失何方一樣，一切都將逝去。在消失無蹤之後，所剩下來的，大概只有沉重的沉默和無限的黑暗。）

愛所上演現實裡的劇情恆小於「愛」這個字。

六月二十三日

唉，一再的挫敗，我真厭倦了這些，卻沒辦法阻止這些挫敗的發生，把我從這種活著的挫敗裡拖走吧，像今天的個案所說「像個廢人」。朋友說「不要自憐」，但要持續地堅強卻太辛苦了。還是那句話：「武裝自己成為沒人傷害得了，保護自己不受外界侵犯」。不要自憐，不要因外界掉淚，說一百次。

（爸，我不想念大學了，可以嗎），我也不知道不念大學我可以做什麼，我只知道我可以讀可以寫，但這夠嗎？但重點不在不念大學，因為連自由的大學生活我都擔當不了，我什麼生活也過不好，是活著本身的問題，像太宰說的「活著就是罪惡的根源」。想起今天看的那本《心理治療案例選粹》中一個個案的治療師問精神病患，「你什麼時候決定要發瘋的？」，我則該問自己，「我什麼時候決定要活不好的？」（爸，這麼多年了，我總活不好，我沒辦法喜歡活著，不想活了，可以嗎？）活著太痛苦了，我只能逃到文學的世界裡，真的是逃。

C，我們都是破碎的人，我又更破碎。活著太痛苦了，愛的軛重得壓垮了我，你問我喜不喜歡活著，我說「喜歡啊，像早晨六點四十的日出，可以在家穿短衣短褲，有一台很棒的音響，肚子很餓時吃飯，可以去值班……。」我知道你也不喜歡活著，原以為陪你走一段可以讓你喜歡活著一點，但我還是得承認我沒那個能力，我只會拖得你更沉重，我自己都活不好，怎麼能帶給你快樂，我從來就不能帶給任何我所愛的人快樂，所以逮到我有動能可以逃走時我就逃掉了。

如果我仍要如此自我毀滅地迷戀著你，我想那不關你的事，這份愛並非由你，而是我自己讓它產生的，從頭到尾都是這樣，所以因這份愛導致的自我毀滅，我要自己負責。像《斜陽》裡直治所說的，「過程僅此而已，但是，我竟悲苦地愛上了她那天那時刻的眼神」，而且直治說「我終究是只能愛一個女人的男子」，那是把愛附著在一個人身上的動作，我的這一動作剛好產生在你出現的時候，而和直治相似的是我再不能產生那麼強勁的動作第二次——我終究只能強烈地愛一次人。

六月二十四日

C，我的苦難或許微不足道，我有苦難嗎，你有苦難嗎，如果我們都有苦難，為什麼不能彼此擁抱，我不懂。我們都受太多挫折了，絕望、沒有力氣再去做任何搏鬥，製造夢想，只想像死人一樣活下去，不要再有任何東西傷害我們，一天爬過一天。

大辛治自殺被救後哭著說「我要回家」，自問家在哪裡。我也想回家，一天到晚想回家——但家在哪裡。今晚我忍不住又搭上中興號回「家」，這是最慌張、恐懼、無所遁逃時所用用的策略了，渴望被「家」收容保護渴望到願意忍受一個虛假「家」的欺騙，這種雖不是能收容保護我的「家」，卻至少是個安全的墓地，因這裡已埋葬了我最親的親人們。這一生裡來來往往的流浪與追逐都是虛幻的，只有這個安全的墓地是我最終的歸宿。我太疲倦了，渴望渴望永遠的安息。在我這張床上，我預定我的墓地，我最安全。還好，還有這麼塊地方。

六月二十五日

讓我這個頹廢的大學生來想想以後要如何做個「有用的人」吧。我是個「頹廢的大學生」，我所做的都是頹廢的事，頹廢的文學、頹廢的愛情、頹廢的生活、頹廢的心靈、頹廢的未來。「有用的人」和「有用的未來」這是多麼痛苦的事，我只能貫徹自己的人生觀無法移植別人的，想想我二十歲的宣言：「要負起好好活著的責任」，我得好好活著。以什麼方式呢──以「飽滿的意義感」和「實質的擁有感」的方式活著，我要去尋找「飽滿的意義感」和「實質的擁有感」，去凝聚它們成為我自己的。

「建築自己的未來以希望」，這恐怕是頹廢的人最難做到的，頹廢的人容易奮不顧身投入狂烈的愛中，因為頹廢的人沒有未來，只求現在強烈的存在感。但我未來的希望是什麼呢，一個一流的小說家，或是三流的心理治療師。「一流的小說家」這是多麼熠熠發亮的未來，卻像個海市蜃樓，每個名詞都是一樣的，好，那麼就是這個吧。

我突然產生一個很大的希望──「要擁有一層乾淨高雅屬於自己的家，是真正的家，像室內設計書裡的屋子，只有我自己和一尊雕像，我永恆的戀人，是誰都沒關係。」C，到時候，我出國旅行，你就可以來看管我的家了。

C，膨脹的痛苦轟破了，我淚流滿面，卻也痛快，玻璃動物園的玻璃砸碎了一大塊，我金鍍的外漆悲壯地剝落，很快就會汪洋成悲慘世界，我就將要找不到一塊安全的地方安息了。要嘛，重塑金鍍的外漆，要嘛，把神像徹底打碎。

「該誰的責任就該誰負」，這是關於我倆結局的一句有力收尾。從頭到尾我這樣待你，我自己必須負起結局的悲慘，這

段期間所承受的傷害以及如此對我種下的影響，這是屬於我的責任。從頭到尾你這樣待我，你自己必須負起永遠失去我的結局，這段期間所承受的自我傷害以及如此對你種下的影響，這是屬於你的責任。今後彼此承擔著各自該負的責任，各自去去，追求各自未完成的幸福，繼續堅持各自那「很難活」的生活，竭盡各自的生存意志去創造出一點什麼出來吧，這就是長大，這就是現實，這就是命運。很抱歉，我不能陪你過二十歲生日了，沒辦法還給你一個幸福的二十歲生日，你知道我二十歲生日許了什麼願，我許的是「要你永遠記得我」，這是我偷來的，卻永遠欠你一個幸福的二十歲生日。

我必須把關於你的痛苦捲在厚毛衣裡埋進土裡，然後光明磊落地走出去面對那沉重的沉默和無限的黑暗，向光明的現實自首。等著我的是：「很難活」的生活──長大、現實、命運。我要優雅地微笑扛著走。像村上春樹，閉嘴，咬緊牙，埋頭潛行。

「C，對不起，我錯了」，這句話在我心裡說過上百次。我太愛做夢了，被文學鍛鍊出離譜的浪漫心，做非人的夢。叛逆現實太嚴重，勢必頭破血流。自己瘋狂地自我毀滅卻也把你牽扯進我的瘋狂裡，我無權如此的。你原本不須頭破血流的，都是我的浪漫我的瘋狂。必須發下重誓（這輩子再也不給你寫信），信是浪漫瘋狂自我毀滅的狙擊手，我不准自己的文字再切割你了。

我不再哭，我要走出去自首了。

六月二十七日

我自覺又可看見你了，頑皮笑著和你說邊不經心的好玩話，那種方式的見面，像什麼事也沒發生，然後讓見面的相處時間融洽、輕鬆、頑皮而充實。我喜歡頑皮。支持我這麼想的哲學是：（1）我們之間未來形式上的關係是無法計較的，情人、死路、朋友、沒意義。所以無須白費力氣去界定、計畫、想像、討論、實踐，也無須徒增苦難去怨尤彼此關係界定的故事。及甘願被死路的悲劇感折磨。（2）至於曾經承諾過的濃情蜜意，曾經累積下的巨量記憶及曾經承載過的超級痛苦，這些既已發生過了就只關記憶的事了。愛，會在就會在，不會在就不會在，痛苦，是我自己的事，更重要的是我會用那種「猛爆式」的熱情待你的時代已落幕，付不出第二筆瘋狂毀滅的代價。（3）我們是相剋的兩個人，放在一起也不會快樂，所以形式上在不在一起並不重要，根本不用對在一起有所期待。「實際存在我心裡的你」毋寧更接近這場愛情的全部本質。（4）不見你，因無法做這種期待，見了又如何；見你，因確實會想見，永遠或長期不見會悲哀，更無須硬要拒絕見面啊。

愛，原來是這樣的啊，二十歲對愛的體會。

我要自己詮釋自己的愛，不相信形式和神話。

我們的愛是相通的，我們彼此相愛，並互相承諾愛，我們已衝到愛的最高峰，算是走通了這條路。如果自問「什麼是愛」，我也只能答──愛就是像這樣狂熱執著地去燃燒自己，愛就是像這樣渴望自己是個保護者般地愛且如小孩般地被愛，愛就是像這樣信任地放肆展現自己的最內在且渴望獲得相對的信任，愛就是像這樣「無限謙卑」地體諒、包容、

疼惜一個人的最內在。愛就是像這樣無論分離與否那個人都附著在分分秒秒的思考過程裡。愛就是像這樣籠罩在天堂的狂喜和地獄的煎熬間。愛就是像這樣長期的生命重疊。愛就是像這樣任何理智的高牆也抵擋不了那個人的一聲叫喚。愛就是像這樣彼此承諾愛並感覺彼此相愛。

你呢，你的愛是什麼，難道你對我的還不是愛？

這樣的五年對你的意義是什麼，你是還比較不出的，再過五年你也許就能懂了，那時候再相見也許我們之間的感覺會清明很多。這五年內希望你能碰到一個男人讓你像我待你般對待，或他能強行愛你到你能接受他的愛，只要你能懂徹底為愛付出或徹底接受愛的付出，你就能懂我的愛和痛苦了。

你說：「從來沒覺得事情是這麼簡單，原來我也很渴望被你愛，並且愛著你。」

你說：「我害怕再也沒有機會讓你知道『我有多麼在乎你』。」

從我決定要再好好愛你一場到現在，唯一會永遠折磨我的就是——我第二次燒了你寫給我的信。想起來就痛苦難當，那些信是我在這世界上所能擁有最好的東西了，是我最寶貝的東西，燒它們時我真的是發瘋了在割自己肉般。啊，想到失去它們，痛苦難當。但沒辦法，以那時崩潰邊緣的形勢，做那件事傷害了和自己，發洩強大的痛苦，即使重來一次，還是會做的。「抓狂」啊，那時的我，拿刀猛割自己，無法抑止毀滅自己的衝動。你能原諒我嗎。想到再也沒機會浸淫在你文字裡的愛，感慨，兩次都幹下這種事，只能怪自己沒那個命擁有那些信和你的愛，真的是沒那個命。

七月一日

C，我今晚上了黃建業的「電影分析」課，看了幾十年來排行榜第一名的電影《大國民》，我想我是啟動了我的視覺系統，被黃建業啟動。這是值得紀念的一天，因為可能會改變我的一生。

整整半個月了，離開你到今天。我望著前方，那是不可能再有你的生命的未來了，但我似乎已能勇敢地走下去，因為那確實就是屬於我此世的「現實」，我應該知足了，畢竟老天還讓我圓了那個殘破的空想之夢，讓我真的在「現實」裡聽到你說出「愛我」這兩個字。從頭到尾這是屬於我一個人的巨大悲劇。（悲劇地愛上不愛我的你──悲劇地狂愛著不知道這份狂愛的你──悲劇地切離承認深愛我卻不能接受我的你──悲劇地永遠深愛著屬於不同世界的你），你在我生命中的烙印是屬於我個人的悲劇，我要單獨私自地懷著這個烙印的傷損向荒漠的未來走去。「我愛你」這句話像真空裡的怒吼，它只是一句貫穿我生命的空洞回音。我比較像個完整的人了，把曾經丟失在你身上的，再從你身上偷取回來，那就是「愛」。在此分道揚鑣，你載走我的愛，我載走你的愛，互不相欠，各自都是完足的，我是可以深埋著無關緊要的悲傷哼著快樂的歌，載著我和我的行李駛向我那個永遠陌生的新家。

我自問原本我要的是什麼──不正是一個深濃的「愛」字，且除了這個字外都要擦掉嗎。那麼，我確實得到了，其他其他老實說都是我不要的。我真是自私得恐怖，這已經不是第一次發現了。（我所詮釋的是一種恐怖的愛，恐怖之處在於強迫性地扼殺自己的愛，像生吞釘子。）

七月三日

我在心裡不斷地叫嚷著「我怎麼會變成這樣，誰能為我的生命作見證」，我想是沒有人的。我想大哭，盡我全部的力量哀傷嘶吼。但沒有用，那是徒勞無益的，我已做過千百回，就像在真空的密室一樣，沒有人會聽到的，我也絕對出不去，沙特說的「無路可退」。這個密室就是我生命的牢籠，我怎麼也逃不出去，我害怕我生命裡積存的一些殘骸和野獸，殘骸發臭腐爛，野獸們彼此撕扯。我怎麼也逃不出這間密室。我只好乖乖地背起我的範，不發出任何聲音地向前犁田。眼睛只盯著前面直線上的點，這樣我可以積攢下很多力氣。

沒有地方可以收容我，除了藝術外。家像個貪婪的無底洞一樣，家人們像飢渴的枯骨，只是向我索求著我帶回去的榮耀與食物，我已病入膏肓了，再也展現不起自己，他們又何曾不病入膏肓。C，兩度收容我又兩度把我趕了出來，我們兩個都病入膏肓了，像兩顆荊棘互相擁抱，總是扎出一身血跡，你渴望收容我，我也渴望被你收容，但我們各拔不掉自身上的荊棘的。我們相剋。L，她像血蛭一樣要吸光我的血，我渴望住進她的眼睛裡，但血卻快被吸乾了，她把我的病人膏肓治好，但我卻付不起收容她的代價。每個人都破碎、殘缺，但我的病人膏肓讓我只能容納待下自己的破碎、殘缺，我真的有能力愛人嗎？我是個怪物，沒有人能完全接納我，真正腐爛和野獸的我；我的病人膏肓也讓我容納不下別人的破碎殘缺。

七月八日

今晚朱西甯說：「若是只叫他讀書和寫作，不要有其他雜事來干擾他，那真是太棒了。」我想若我二十歲就已經是這樣，到朱西甯的年紀，還有五十年要過這樣的生活，至少應該交出和三島一樣多的創作量，應該可以趕上三島的藝術成就。

差別在於是否立志把自己獻給文學創作，如果立了志則人生就從這點上鋪陳開，凝聚一切的生命菁華朝這點噴射。木心說：「沒有業餘的藝術家」，我這一生一定要用來完成一件非我不可完成的事，那就是文字創作，我所能創造的成就非常明顯只有一件，那就是文字創作，只有這個是我不能放棄的目標。

「立志專業」是一種自我要求而不只是形式上的專業，是「動機、時間、意志、風格、成就」的自我要求。既然我不允許自己做個業餘的、玩票、純趣味的創作者，我的生命就要整個為文字設計。觀諸有成就的作家，有一個最大的條件，就是他們一生只做一件事就是「創作」，有太多人喜歡創作也都很優秀，但都沒留下什麼成就，就是他們認為做不成這件事還有別的事可以做，所以我必須在全心專業前完成兩件事：

（１）把文字創作放在至高無上的第一生命意義。

（２）愈是爭取到發表創作的管道愈好，無論是什麼管道，讓我的藝術生命得以延續下去，讓我客觀的創作條件可以不阻斷我的創作意志就好。

再來就只是自我要求的問題：

（１）量的要求，固定寫作時間和固定作品數的要求（這等

於寫作意志和寫作速度的自我鍛鍊）。

（2）質的要求。這要從兩方面下手。下苦功做文學研究和不斷改進自己的創作技術。這是能否成為一個「專業創作者」，而不只是創作者的關鍵條件。

（3）豐富的要求。我必須懂得如何豐富自己的創作生命，源源不盡地開發自己創作的泉源。這又包括三方面，其他領域的人文知識、其他型態的藝術媒體，以及生命體驗的設計。正如林耀德說的「這位作者是寫出了個好作品，但我不知道他以後的創作座標在哪裡？」我得為自己找到創作座標。

──我若做得到這三種自我要求，則也許我的作品和我的天賦仍不被別人接受，但我的努力別人是非肯定不可的，那麼我的藝術生命便可延展開來。

我得承認，畢竟單憑我的天賦和人格是很有限的，我必須藉助更多文學大家的鼻子幫我嗅出遼闊無邊的文學土壤。

今天我才發現我自視到底有多高，我得小心必須為這自視高所付出關於實力的代價。

C，剛才做了個夢。夢到我們上完課我在你面前逃掉，然後一輛車子在我前面貼住我的身體才剎車，我用那種「啊」的方式大叫，就是用盡全部力量哀嚎。我真不知道自己到底曾不曾愛過你本身，還是只是我所投射出的自戀幻相，愛或說如我想像的愛，真的只是種幻相。而這幻相的投射就是苦難的根源，我所投射者偏不能接受我的投射，或說不以我所需要的方式接受。

七月十一日

C，我是一隻多麼容易受傷的獸。一點點重量就會把我擊碎。這真恐怖，別人否定我的文字讓我受不了，那是我所能逃的最後據點，好像我活著根本微不足道。追尋是痛苦的，因為追尋都是虛妄的，幻滅啊，終將幻滅。

想起你就覺得荒謬，荒謬嗎，可是你曾說你愛我，但你是誰、你是誰，你只是我心裡捏造出的一個神罷了，荒謬，這一切是要幹什麼的，荒謬。

我還要半夜爬起來寫，活著就是這樣，否則就根本不要活著。

想起我的〈囚徒〉，和我的心理系，和我的家人，和我所念過我的女人，和我的朋友們，和我愛的創作欲讀書欲——我真應該謝天了。

〈假面偶〉從預定的五場寫到第三場，卻發現自己愈寫愈痛苦，有很大的阻力在阻止我寫下去，因為有很多聲音出現在我腦裡批評我已經寫的和我想完成的，它們說：「你的劇本裡缺少哪些條件成為一個合格的劇本。你沒有滿足戲劇的哪些功能，你的對白裡犯了哪些重大毛病，你的對白唸起來是多麼枯燥無味，要如何如何呈現才有藝術性，你是多麼偏狹而缺乏想像力的人啊。」最後我已經不知我再寫下去把這個劇本完成到底有何價值？

這樣的阻力不僅出現在這個劇本上，同時也出現在我寫每個小說時，只是這次阻力特別大，因為這個劇本無法靠著我一個人的感覺觀念使它自我完足，它必須靠「演」才能呈現出它完整的意義，所以我必須遵守一個遊戲規則：我必須把它創造成一個其他「合作者」願意接受的半作品，而我腦裡想傳達的似乎特別難「演」、難視覺化，我的思想心理過程總想是形成蠶線團，靠「演」如何演出這腦裡運轉的蠶線團呢？——這竟成了我創作小說和劇本的雙重痛苦所在了，我嚴重缺乏視覺的想像力，我是個沒有才華的作家。

我到底為了什麼寫〈假面偶〉這個劇本？（1）是為了我和C的感情，為了重新整理、完整記錄，也為了宣洩悲劇感和批判這種命運。（2）是為了小說，要把小說的對白部分放大特寫，也為了吸收戲劇利用對白塑造人物、鋪排情節、製造戲劇效果，揣摩人物語言心理等文字技巧。（3）也為了

創造出我心目中「有價值」的劇本，證明自己文字上另一種藝術秉賦，而這「有價值」三個字指的卻是「精神獨創」或「意義獨創」，這是屬於我自己的價值，但別人卻未必重視它，也未必了解我的「精神」或「意義」，我更不知這「精神」和「意義」傳達到它的效果了嗎，這正是我的衝突。

看完田納西的《熱鐵皮屋頂上的貓》，我終於豁然開朗，關於如何傳達戲劇精神，關於寫實與超現實的問題，戲劇終於被我承認是一種文學形式。

今天又上演了「分離」這幕最為我所痛恨的劇目，我竟然在公車上就忍不住淚流滿面。這三天到乾妹妹家和她一起讀書的經驗是珍貴的，我從沒在生活上眼另一個人併肩作戰，我一向是孤軍奮鬥的，那種有個人在旁邊的感覺令我感動，即使我不能展現我的悲哀痛苦，但至少我是安全的，我不用防衛自己的軟弱，我也不用害怕被對方知道了要使氣氛破壞，對方曾看過我最破碎的樣子，那是我曾展現在別人面前最軟弱的一次了，徹徹底底破碎的樣子，而被舒服地接納，這使我永遠感激，我將永遠永遠感激，我很難得這樣相信一個人。這樣的友誼甚至比愛情都珍貴。

那樣的下午，做菜、笑聲、吉他、歌聲，我很難忘記這麼溫馨的下午，很久很久都沒有這種溫暖的感動了，一個人在沙漠裡踽踽獨行，碰到綠洲，喝一口清涼的水，再上路，就是

這樣。把一些痛苦捲進厚毛衣裡埋進土裡，向前走，去創造幸福哦，感謝妹妹帶給我一點關於創造幸福的想像，否則真是耗竭了我的想像。奇怪的是我和妹妹碰在一起就是能產生出快樂，生命裡帶給我快樂的人真是太少太少了。為了這個友誼的獲得，那些整年車的「失敗」都可以不屑一顧。

想起要離開時我真像個黏人小孩般找機會說話，差點沒大哭。那種想大哭賴著不走的樣子，嗯，像從前的火車，一列大列的火車……。

七月十二日。

Ｃ：放暑假了嗎。最後一科考完了嗎？住在中和的這一個七月，剛搬來時過得很糟，不過最慘的生活已被我熬過去了，七月分我正式過起跟學校毫無瓜葛的自由生活後，我就過得很好，是我所能過最好的生活了。每天只做我喜歡做的事，二十四小時平攤給睡覺、讀書、值班或上編劇課、創作，這真的是我所能過最好的生活了。靠著專注於讀書和創作，我拯救了自己，真慶幸我有這兩樣法寶。我的這兩個月暑假我為自己排了滿滿的讀和寫的功課，沒有回員林，每天都很嚴格地逼自己去讀和寫，幹勁十足，滿腦子無論走到哪兒裝的都是我正在寫的東西，那種充實和幸福，真的是我所能過最好的生活了。

你呢？你過得怎麼樣？這一個月裡我反省了很多很多，千言萬語都不用講了，那些都各自埋在心裡就好。我像是千錘百鍊，面對這樣的遭遇已能有一套不自己傷害自己的解釋，但我擔心你很難。答應我，把這樣的遭遇看淡，把發生的任何事歸諸於外在，一點點責任都不要擔，把自己從判刑裡釋放出來，去創造屬於你未來的幸福。我們之間從來沒有誰真的對不起誰，你已經盡力了了，請為我這樣告訴你自己。這是我所要說的全部。

七月二十日

想做一個和現在完全相反的人——一個負責，做好該做的事、情緒穩定、作息規律、生活節奏緊湊、自制力高、情感克制力強、寂寞忍耐力持久的人。我要把失敗和痛苦從生活裡抹去。我要當我原來很強很強的強者，這是很有誘惑力的未來憧憬。

我要創造屬於我的幸福，不再受到二十歲前的記憶，別人的感覺批評，外在的失敗傷害而影響我心靈的完整和自由。我要我的心靈隨時都強韌浸潤飽滿，我是我心靈的主宰。

我要製造並享受生活的樂趣和生命的豐富，最大的前提是——不自己傷害自己，不做傷害自己的事，不招惹傷害自己的想法，不讓別人有傷害我的機會，不訂傷害自己的標準。

感情，這是我傷害自己的一大利器。我要禁止自己再拿它來傷害自己，我要給自己一年的時間，隔絕情感的外涉。在這一年裡任何人都無法引發我的情感，C之後沒有人再有資格讓我付出自我傷害的代價，等我訓練自己成為生活的強者後，我才能准許自己再談感情。這一年裡我也要讓自己的女性和男性調和得均勻，學習認同女性，然後重新在男女之間的人際網裡找到自己角色的定位。友愛、用真摯的友愛來補充感情，填補一塊塊寂寞的空白。工作、用專注的工作來取代感情，成為生命的首要重心。

這就是創造幸福。

七月二十三日

「唉寶二世」，以後我要養一條唉寶的孩子狗，這是我和老妹的約定。這種約定和關於狗習性的討論是屬於我能擁有的幸福內容。坐在老家朝著大草原的窗口前念書、寫作，是一項彷彿亙古不變的姿勢，這個房間裡的大床和書桌是屬於我己的真正地方。把自己的世界限在這房間裡是太枯燥，但把自己從這裡放逐出去卻太孤寂，從這個姿勢放逐出去最後再回到這個姿勢，這一生的線條就是這麼簡單。

「這五年裡我所偷得不該有的通通還回去吧」，為什麼我還沒學會這點呢，全部的痛苦就是這麼簡單的一句話。把這五年裡所偷得不該有的通通還回去後，我是清澈簡單的一個人。而這五年裡所偷得的不過是「懂得對人發生感情」，我若無情則一切都會很順暢的，「情」這個字使我困頓滯塞，罪惡苦難的淵藪。

那是不知多強韌性的生命，正如我畫的沙漠、火山、榕樹，有一天我要寫一部小說，最誠實的小說，開頭要說：「事實上我的悲劇從十五歲就開始了，那時我愛上我高中同班同學，她是我的初戀情人，那是一個悲慘無比的故事……。我二十歲後變成一個超級樂觀的人，由於那樣悲慘的愛情和生命。」

很久很久以後，我將遺忘，請永遠記得我吧，我二十歲唯一的願望。這曾如何折磨我卻終將微不足道的愛情。

八月二日

向前走，向前走，美好的前程和幸福的歸宿在等著我。

八月十四日

C：我又寫完一個短篇了，它叫〈玩具兵〉。這個暑假真是大豐收，寫了舞台劇本〈假面偶〉，又寫了兩個短篇小說〈鬼的狂歡〉和〈玩具兵〉，總共有四萬多字。接著還要寫九月的電視劇本、十月的短篇小說和一月的電影劇本。一個任務接著一個任務，一個比賽接著一個比賽，我得更拚命，因為我是天生屬於文字的，沒有人比我更配這頂桂冠，所以我得拚命把自己磨出來。

你好嗎？今天重看馬建，他說：「愛只是一種類似信仰的現象。」真是一語道出我這一階段對愛的感覺。你真的要把我完全撇開不管了嗎？我還是不太甘心，你是我最用力去愛的一個人，而竟然必須完全放棄，像不曾愛過一樣。真是一場春夢。我真的是在強求嗎？想到為你所受的苦和所嚐的被愛的滋味，實在不成比例，那一個明媚的晚上我永遠也不會忘記的，非人的痛苦。我真是挑上你來折磨我嗎。

八月十六日

今天下午看完布烈松的《扒手》和安東尼奧尼的《情事》，被這兩部電影裡特殊的虛無氣氛侵蝕了。突然惶恐起來，在「經典」放映室裡就很想回家，想躺在床上用棉被把自己捲起來，渴望能一個人靜靜地縮在一個安全的角落。並沒有特殊在別的挫折或人際傷害，所以那種感覺並非要躲起來療傷，而是似乎一些最近趕稿而壓下去的懷疑浮昇了上來，引起我的不安。這樣騷動的精神狀態是搬到景美後首次出現的，搬來這兒後我慶幸著似乎全面洗滌了自己濁黑的精神色調，是被創這個全新的環境滌清了，我本此後把全付精力都貫注在創作上，過著真算「幸福快樂」的日子。突然的騷動確實會使我很不適應，那時覺得自己好像缺少平常蓬勃的空氣像被轟鬧一樣把我打進我所要處身的世界，那時我覺得生活像分成表相氣圍和深層黑盒兩部分，我快被拖進黑盒裡不能全身都站在表相氣圍中。浴不進裡境的氛圍裡的，所以要退出來，安息。

結果回家睡覺，做夢把不安的內容都傾倒出來了，像是我從深淵裡爬出來，壓抑下去對女人的性欲和罪惡感混雜著自我厭惡和恐懼，就像個深淵，在裡面蠕動掙扎。跟《扒手》很像，那是屬於我的深淵，我慢慢地爬出深淵，在出口旁的地上躺著曬太陽，但似乎還在我身上繫著鐵鍊，隨時會把我拖下去，在夢裡就是被拖下去咬得遍體鱗傷。

我似乎是愈來愈懂得一個道理——（只有從深淵裡爬出來才有幸福快樂的日子可過，活著才會變容易。）這個道理是我

在這個暑假裡所漸漸肯定的。從前以為必須逼迫自己跳出深淵，是件悲慘而扭曲本性的事，那種為活著所做的妥協是出賣靈魂的卑賤行為，而跳出後或許可免除深淵裡靈魂的炙烤，但卻將奔向一個孤寂而死的終點。但這次我被C丟出深淵後，似乎找到了緩和孤寂的生活手段和一種免於孤寂的可能，使我終於有了快樂幸福的想像能力。這對我來說是非常寶貴的。

黑盒子裡裝著──性、死亡、孤寂、無意義感、懷疑、記憶。

我該平等看待過去和現在各片斷，珍惜所發生的每件事，因為它們同樣都將成為美麗的記憶。

八月二十五日

竟然會因異性而產生妒意，且言行舉止無不繞著這個妒意在操作，這使我覺得自己非常醜惡、虛偽、矯作之惡。我莫非是要滿足自己被別人視為最在乎、最有價值的虛榮心，所以所作所為莫非不是在引誘別人掉到感情的陷阱而造作、救許、無意義的高傲、故作姿態、浮誇，我真厭惡自己這樣。我是在窮凶惡極地想使別人對我發生感情，像一個醜陋的人因自卑而賣力地要證明自己仍然具有吸引力，正做著滑稽的演出、心靈鏡底下的小丑。虛偽，這愈來愈蔓延的疾病，《魂斷威尼斯》裡說的「再也沒有比年老更不純潔的了」，我似乎隨著年齡的漸長愈來愈放寬允許自己虛偽的限度，然後幾乎趨近厚顏無恥了。誠實和真誠背離我愈來愈遠，也恐怕不回來了，我似乎已失去擁有它們的資格，而我也不再感受到它們的重要性，因為我必須靠其他的東西維繫我和別人的關係——侵略別人深層心理的能力和深廣的精神經驗，去了解、探索和包容別人。

失去誠實和真誠影響最大的是，我無能讓別人徹底地了解我，失去對人的需要和重視能力，而形成朋友關係的必要條件是讓對方徹底了解並在生活上感覺需要彼此參與（或在精神上存有對方），而我的人格條件已喪失擁有知己的資格了。

我為什麼會變成這樣，是因為遭遇過太多次強烈需要別人，而欲望卻引起複雜的痛苦或被狠狠斬斷，到現在我的結論是（欲望即罪惡，需要別人是痛苦的根源），所以我再也不敢

需要別人，甚至無能把別人納入我的精神系統中。可能永遠也沒辦法在精神上依賴一個人。連朋友也不需要，因為彼此還能有的連繫對我而言單薄到關係存不存在沒有差異。如我所說的，再也沒有愛，全部都是友善。

精神上的愛破產了，我只好走出精神烏托邦，走下來誠懇地活在現實裡，重新尋找平衡點，平衡各部分被尖銳化的精神與現實的對立——男性與女性、愛與欲、幻滅與追逐、孤絕與喧囂、藝術與單調、死亡與生存、痛苦與快樂。

愛的幻相是心理環境的產物。

對待異性或許無法隨時拿準如何表現我，因那個我的影子會搖晃，所以只要隨時排除不是我的成分即可。

八月三十一日

最近幾天我常躺在床上想一個問題——「天堂是什麼樣子？」，天堂裡究竟是只有我一個人，還是有另一個人會陪伴我。想想還是只有一個人才能有真正的天堂，開始渴望心靈的純樸澄靜，不要被任何人沾染，沒有痛苦、煩惱、欲望，每天唱著快樂的歌，一個人擁有完全自由的心，過我想過的生活。

縮在大白棉被裡，沒有時間的拘束，自由幻想，就是人間的天堂了。

藝術，是醒著時逃避絕望生活的天堂，人工興奮劑。

人與人相愛，甚至共處的可能是零。

痛恨物質、欲望、形象。

追求藝術的秩序即我規律的生活脈搏，一秒不能停止。

九月四日

納博可夫，流亡的俄國詩人，和塔柯夫斯基一樣，美麗的心靈。他們的溫柔緩緩流過他們的藝術材料，纖維間注入豐沛的感情，靈敏的感受性像抒撫著豎琴。人蘊藏在內心的溫柔是極大的，但一般人卻無法自行開發出來，藝術家藉由藝術開發出來後卻又只能將這股溫柔投注到藝術上，沒有其他的缺口。

除了讀和寫外，我幾乎不知道該怎麼生活。創作真的是我生活的手段，不為它，我幾乎不知道活著有什麼意義。但我最近卻常常質疑自己，寫這些東西除了名和利的追逐外還有什麼意義，藝術家經常是披著清高的羊皮逐臭的狼。「懷疑」是最可怕的，它會自我瓦解，瓦解長期建構起來的價值體系和生活方式，徹底懷疑到最後片甲不留。一旦開始懷疑了，就得重新修補以鞏固原來的價值體系和生活方式，否則就會像我現在一樣停滯。

我為什麼要寫小說？──（1）為名，這是我心裡最強的成就動機，我從小渴望成為眾人注目的焦點，而創作竟陰錯陽差地把我突出到一個前所未有的傑出境地，所以我就難以抑拒地朝這個方向猛衝。（2）為利，我希望創作能同時成為我謀取生活所需的方式，甚至為我謀得大筆的財富，讓我得以優裕地去做我想做的事。（3）作為一種生活手

段，免於寂寞和痛苦的生活手段，甚至是經營出一個自給自足的烏托邦，供我安全的保護，逃避現實和放逐精神。

以一種高速度追求某種東西，最後卻懷疑起這個東西的價值，那真是恐怖。我想我的「懷疑」是產生自害怕這一切只淪為徒然。我的高速度追求完全被埋進文字的大海裡，連一點泡沫都不起。我想我應該調整自我要求，唯有不受限於外在環境才能得到心靈的自由——（1）仍以高速度創作，縮密地，無止盡地寫，所有作品但求印成鉛字發表，不斷地在文字的藝術創作上自我挑戰，自我反省，一切以留下追逐藝術之美的軌跡為目的。（2）為了創作行為的自覺性反省，仍然分分秒秒地累積人文知識，建構起我的知識架構，作為我創作的豐厚內涵。（3）人文知識的累積觸到某個爆破點後，回歸學院重新檢視骨架的建構，以期更有效率地累積知識。

女木或什也許寫自己（我還不知道這什麼樣的文體）

一個作家必須有一個完全封閉的世界，否則他會失去自我。自己一個人的世界為什麼反而這麼廣闊，外面的世界如此廣闊為什麼自己卻這麼虛弱，好像會一點一滴地消失掉，自己要在人們間以什麼方式存在都不知道。我渴望封閉孤獨，沒有人破壞我精神的完整和絕對感，在那種完整和絕對感中可以得到最飽滿的存在感。我終於可以辨別我要的和人的關係是經極的精神縫合感，那種縫合感不是客觀製造出來，是用痛苦和人性裡極大的天真至誠深深縫進精神裡，甚至是用文字世界裡才會有的。愛，確實是極大的天真所產生的。

我不知道世界的真相到底接近天真的幻想或裁剪後的現實，但這條人生之路確實是天真的墮落。寫作正是我在天真墮落之後勉強維持的無望追逐，像一個牙齒脫盡的老人張著口絕望地叫喊卻發不出聲音，天真啊，等等我。文字，是我保留天真的最後方法，但慢慢地竟也變成表現我獨特天真的唯一方法。我，就是我的文字，非我的文字我不存在。

或許我發現的真理是「人與人要相愛」，愛相隔萬里不准愛的女人，愛不懂我卻愛我的人，愛相知相惜卻飄渺難追的知己，愛深識靈魂卻不能真面目相見的人，愛彼此以極大友善相待卻了無相涉的人，愛虛偽以待卻盡量減少傷害的人。但對於各種人有不同愛他們的方式，我的愛人功能遭摧殘得只剩虛偽的裝飾外殼，我也在以各種不同的裝飾形式在愛他們。而我看見人們以豐富的方式自由地展示他們身上的天

真，以美的行為、笑容、面貌、言語傳達
他們對人的愛，像那些是取之不盡用之不竭
的，我想他們比我美且富足。

我發現我非常恐懼失去我為自己訂出的文字
秩序，像這就是我的心靈秩序一樣。我也非
常恐懼必須長期暴露在群體裡不能把自己鎖
進文字的封閉世界。我還恐懼心裡被人侵擾
而時常縈繞著人情是非的糾葛不能沉澱下來
潛進封閉世界裡。

我想愛的神話幻滅後，我只能也只願追求的
就是精神的純淨，那種天堂裡的輕盈，安
寧、純潔。這是我精神上最大的拯救吧。

人類的愛情本質上是人類宣洩心靈天真的通
用管道，藉著另一個美的幻覺引發內在精神
力量的噴射，把人極致的美呈現出來。而人
類的終極追求不也就是在尋求展現這種心靈
天真的管道，尋求美的本體和精神力量對美
的噴射，在這種與美結合的精神運動中感覺
到生命是活的。

我展現自己美的方式只有文字和歌聲。

九月六日

有幾點很簡單的原則，對於改變後的我，或說公館街的我，算是生活綱領，已經是最簡單而能活得好的了。

（1）深夜寫作的意志力——速度和習慣的鍛鍊，長期執著，不要再懷疑為什麼，堅持而成為依賴的生活方式，自我逼迫。

（2）安排緊湊的生活作息——不要有多餘的時間可以昏睡和浪費，讓自己每一天都很充實，繃緊向前衝的時間感。

（3）確定每階段的成就目標——緊密的成就目標是一個接著一個的創作，為完成一個創作成品有一套自足的讀寫蘊孕系統，它是獨立運作的成就創造機器，我得珍惜保護我自己這種獨有的意義衍生方式。而更大的階段目標則必須由我自己選定，它更需要長期奮鬥、艱苦追求，使我一年年經過得到一個又一個的獎品。

（4）忍受長期的寂寞——創作或學習都一樣。

九月八日

Air Supply的錄音帶正在放著，天啊，它對我的意義到底剩下什麼，我痛恨、厭惡、恐懼再回到過去那種感情氛圍裡。但屬於Air Supply的氛圍卻那麼迷人，像是泥沼中的野獸，我想得到了路。金石堂、買書、衡陽路等車……而關於衡陽路的記憶又是一籮筐，然燒的浪漫，都成了一堆灰燼，享受起它剩餘的回憶利益，已經一次比一次間隔遠，且欲振乏力了。衡陽路我不知走了幾百趟，高一時淚灑衡陽路，然後高二、高三，一年比一年冷漠倨傲封閉孤僻，除了高一高二高三各有一個人陪我深深地走過衡陽路外，其他就是買書、沉默、黑夜、走路、搭車、落淚，我的生活竟然可以由這六個元素組合出來，就是這樣。剩餘利益乾枯了。

九月十二日

悲傷，就是無來由地悲傷，想到已經過去的和未來將要發生的，已經擁有的和不能擁有的，一切都空虛極了。很想就躲在員林的這張床上，颱風繼續下雨刮風。我想安息，不用被推出去遙遠的地方展示自己，攀爬世界之樹，為徵逐名利自我價值放逐再放逐。好像我不放逐自己去掠取價值，我就永遠不存在似的。

破滅了，一切都破滅了，過去的人們不再值得留念，也沒有任何人有資格進入我的精神系統，人與人之間的關係虛妄極了。人間無神殿。辛魯艾的妻子死後，他並不哭號，他只是說「埋葬了一個夢」。我仍然動我的筆，是我還沒放棄築精神的殿堂，還捨不得用現實的土壤埋葬精神的夢，我還給自己留一塊小空間喘息。但純潔的精神之夢為什麼總是建築在污穢的現實土壤上，風一吹就崩塌潰散了。

悲傷，一切都莫平之後，我不知道我接著要做的是什麼，我什麼也不需要了啊，像埃及法老一樣只求無痛的死。我無法再愛人們，不再需要任何朋友，因為覺得我根本不在乎任何人。人們對我是無意義的，除非我沒有精神了。我，平靜喜樂積極地過活，但骨子裡卻把活著當成做一天和尚敲一天鐘的事。我不知道我是不是根本什麼也不想要。

九月十四日

開學了，我開始準備變態補考，乖乖做個標準的大學生，過我的小市民生活。進入英文世界，擁抱我的心理學，回到我所失落的成就起點，重拾們被我廢棄的路，原來我是多麼熱愛它這人生，煙煙水水，霧霧花花，我總看不清楚。

九月十七日

我要振作起來，把我的時間作緊密的結合，高速地追求，追求未來。雖然我不再痛苦，心裡卻反而很空虛，什麼感覺也沒有，我很不安，沒有一種強烈的感覺使我意識到自己的存在，沒有一種強烈的方向感驅迫著我從一個點移向另一個點，我似乎一堆鬆散的零件攤在地上，動彈不得。我發現這種存在感和方向感是我活著的必要條件，沒有它們活著就沒意義。

抄一段納博可夫的話，「親愛的，或許我寫這封信就是想告訴你，人生還有這樣一個簡單、柔和的結束。同樣地，柏林的夜也會這樣地消逝。」

我要把自己從社會價值裡完全解放出來
只有創作、創作、再創作，才是生命

九月二十一日

L：今天在倫理學課上看到一個長得眼你很像的女孩，頭髮的波紋彷彿一模一樣，她摸頭髮的動作、低頭的姿勢、窗旁陽光下的側臉，我的視線難以克制地被那樣的美吸引，又貪婪地享受起那樣的美來。原本又無法抑止地想去和妳接觸，即使只是正眼看妳一眼、聽妳說幾句冷漠或手足無措的話都好，我也想要告訴妳好多好多話，這一年來我所發生的事和我最近生活態度的轉變現在還想請求你的原諒。感謝你，告訴你我過得很好。

想念妳，最近想念妳的種子又蠢動起來，到學校裡好像又重覆地望再來騷擾我，甚至我再回到以前那個我。想念妳的美，想念妳所有向妳傾訴愛意，注視和妳撫摸結為一體的時刻，對自己表白這擁抱你、親吻你，和妳身心相撫些現在我很有罪惡感。

十月九日

C給我稍來一封信，什麼都沒說，只說「哎，我真是自欺欺人，你應該了解我的」。昨天四點多我買了瓶酒坐在羅斯福路邊的灰玻璃瓦般地磚上，想了些片斷的往事，又像個找不到家的小孩地哭泣起來。幾個扭注我大量情感的人物，幾閃悲傷鬱結的人生到那，隨便想了想便抽痛了緊壓的那塊記憶療痕。紅燈和綠燈在灰玻璃上泛游著，我找不回失去的對C情感。

不知要怎麼面對C，我把自己用孤獨與她鍊鎖在一起的世界已經粉碎了，我被年輕的痛苦孵出飛翔在自由的天空裡。痛苦的厚殼，我被它遺棄，又是另一種赤裸裸要面對世界，未來和死亡的感覺。孤獨，奇怪的人生，給了我什麼又把它奪走，給了又奪給了又奪，我的什麼東西也不是我的，痛苦和快樂的銘記，抹除在祂只是玩笑的遊戲，而我卻疲於奔命，且迷惑於自己在歲月的畫布上所畫下的。我緊瑞在懷裡的一切，原來都如此陌生。

就只是孤獨和覺得什麼記憶也留不住。關於C的熱情和痛苦已離我遠去，她對我而言只是個時代的標籤，正如L對我所說的「You are deserved no more」，只差我的不是憤怒和悲抑，而是釋然泛著哀愁。不希望再看到她，消失吧C，如果她從我的歲月中徹底消失，或許我的記憶還能保留住少許珍貴的鱗片。

想念法國，渴望到歐洲流浪，像馬建在中國流浪一樣，「走到哪裡死到哪裡都比待在一個地方好，如果遇到願意愛我的人就停下來，否則就繼續走」馬建這麼說。

十月十日

要介紹我的小說了，要瘋狂、不眠不休地工作，直到寫出我最滿意的作品，才要再回去生活。這篇很重要，算是我熱愛上電影，把自己的視野從小說拓展到真正全面的藝術後，對自己新的藝術觀的愛情帶給我的地獄般煎熬，把自己從沉重的精神痛苦裡解放出來，恢復成精神獨立的「全人」後，再去創作的里程碑，是否能袪除青澀不均勻的「自我耽溺」式語言，而進入成熟周全的「距離觀照」，是決定我是否可擺脫依賴情緒而成為一個能「自動創作」的小說家的關鍵。我期待「全人」後的我能更成熟，無論在取材、技巧、情緒、情感和思想上都能爆發我經驗和執迷情緒的規囿和牽絆，而能雕刻出我的藝術修養所孕育出超越我自己的藝術品來。

能衝動著要創作，捕捉到值得創作的感覺和想像，是活著最大的意義。

要開始投入我要交給中央日報介紹我的小說了，要瘋狂、不眠不休地工作。

十月十六日

C：為你喝了兩夜酒，並不特別痛苦，只是為以往長長的歲月裡你在我心上留下的鑄印覺得感傷。還有收到你的信，我記憶深處的你又浮現，彼此心靈接近相知相惜的感覺使我深深地哭泣。我沒為你過生日這確實是一大罪惡，只是我沒想到你會如此強烈希望我幫你過生日，我心底一直放不下這種懷疑，即你根本不愛我只是想繼續保留我給你的忠實罷了，所以你會不願意我在你生日時去打擾你。你只要知道我的忠實還在就好了。你說「你終於失去了我」，我想是的，我對你已不再有從前的衝動和熱情了，所以我一定要拒絕你的，儘管你再怎麼呼喚我，但一切都太遲了，我已能拒絕你了，我得去過我自己的日子。

我得趕快再恬淨起來，這種不痛不癢的黏膩感在這幾天裡流清在我的生活中，雖然使我享受到幾滴的代價太大了，使我清倒在沼澤裡再清倒，好幾天了總站不起來，隨便風一吹又清倒，自我放任在睡眠和酒精裡，胡混日子，把許多該完成的工作畫擱一旁。而這樣造成的不安又促使我更易清倒，如此惡性循環，浪費了許多時間在過我完全不想過的生活，甚至權毀我過去長期辛苦建立的生活模型。如今我發現我過去所累積下的慣性，即易因一點感情的情緒而放棄生活堅實的欲望和堅持力，也就是一旦有感情的情緒，則無論多少都能使我放棄整個生活的秩序。這遺留的慣性是我現階段必須專心對付的敵人，它使我無法按我所要的秩序生活，也使我無法按設計完成我想實現的生命任務，所以是我的頭號敵人。

我多情、太渴望愛，使我泛濫地感情化，這液體的我總會找到生活的漏洞泛濫成災。這個液體的我要好好照顧才不會再衝破固體的我所圍的堤防。我得好好愛並珍惜這個液體的

我，他是我最美的部分，不應該去扼殺或囚禁他。我得先學
會以液體裡的愛來愛液體的我，要在任何情況下都愛自己勝
過於愛別人，不再輕易為愛別人而犧牲或傷害自己，不再把
別人的情感負載在自己身上，要獨立開來愛自己和愛別人。
並且教會液體的我忍耐和等待，忍耐寂寞和克制，等待一份
最完美的愛，一份百分之百屬於我的愛，少一分條件差一點
感覺都不能要，這是自愛和道德責任。我得學會辨別最完美
和次級的愛，以另一種方式對待那些次級的愛，而不能稍微
混清這兩者。

我會熱烈地想要女人，這部分如同一個男子的生活底蘊一
樣，女人對我的強烈吸引力一直都存在。渴望女人的依賴、
渴望女人多情的眼神，渴望女人溫柔的撫觸，渴望女人晶
瑩的眼淚和粘膩的嗓音，渴望進入女人細致而美麗的心靈世
界、渴望和女人相雜，渴望向女人傾訴甜膩的愛意和展示我
細密的心靈皺褶，渴望肆無忌憚地占有女人的身體。還沒學
到對男人的渴望，不知這兩種渴望是否彼此無法相容，我能
渴望被依賴同時渴望依賴嗎？我能渴望女人的陰柔細致同時
渴望男人的陽剛大塊嗎？我能渴望女人的專注占有同時渴望
男人的寬闊自由嗎？我能渴望女人柔嫩的肌膚同時渴望男人
厚實的胸膛嗎？我能渴望女人含羞等待我的侵略同時渴望男
人繼續狂野的掠奪嗎？也許能也許不能。若能則我幸，若不能
則我不幸，這個願意無條件接受我愛我且懂得撫慰我的女
人到底在哪裡，我就是在等待她的出現，而在她出現之前我
要好好地忍耐和雕塑我的生命。關於想要女人的慾望，我不
能因它而愛女人，而要把這樣的慾望保留給我靈魂所強烈渴
望她的美的女人，為了這最美的結合，我得先自己餵養這頭
欲望的獸。

十月二十一日

連寫April的朱天心都變了，變得那麼冷靜、老練而深沉，覺得好寂寞，藝術好寂寞，生長好寂寞，我好想攤在地上不走。賴著不走更寂寞。我也要變得像她一樣冷靜、老練而深沉嗎，褪去熱情、天真、夢幻，進入凡事無撼於心的成年人。跟那些孤絕淒豔幻滅的日子揮別，彷彿那是壁畫裡的景色，曾經揮灑出那樣色彩，卻再也沒有顏料了。我的天空已空放晴，我要放牧我長期飢瘦的牛羊，到廣大茂盛的草原飽嚐一頓，然後長長長長地睡一頓午覺，待醒時再把牛羊牽回來繫好。

一個人就這樣默默孤單地成長，一個人就這樣默默孤單地攀爬藝術之樹，一隻筆陪著過來。摔到陰坑裡，爬出來，一身瘀痛，又跌又碰，再連摔幾個坑，差不多要死去了，奄奄一息，然後一覺醒來，所有美夢靈夢都醒了，只留下我的藝術，養得貪婪繁茂。默默孤單地垂死，默默孤單地回到原點，說什麼都太多餘，這一生這樣的旅程不知道要走幾回。睡一覺，再起來啟動藝術，默默孤單地把藝術繼續養下去。然後這一生就這樣默默孤單地過完了，留下的還是養得貪婪繁茂的藝術，它也是默默孤單的。

汲飽悲劇和痛苦似乎全為了這個藝術，而悲劇和痛苦反而不太重要，紛紛抖落在時間甬道裡。回首那些被我遺棄價值的悲劇和痛苦，竟也像喜劇和快樂一樣，輕且一吹即散。（親愛的人生還有這樣一個簡單柔和的結束，同樣地，柏林的親夜也會這樣消失。）這裡的親愛的已空虛掉了，我就是我心目中的親愛的，我再怎麼愛一個人還是不可能比愛我自己更愛他，我還是我他還是他，柏拉圖的愛終歸幻滅。

藝術，還要再默默孤單地往上爬。

十月二十四日

這個世界你已經告訴我太多東西了．你還要告訴我什麼新東西．我麻鈍且淒然．似乎再也不會有什麼事情讓我驚駭的了．只是你的真面目也未免太蒼涼．非得把我全部的夢都徹底打碎才要罷休嗎。

自由．給我完全的自由．我要從愛欲的泥沼裡拔出來．那不是我要的．我不要背著感情的枷鎖．在那潭髒水裡洄游。

L．我要你完全屬於我．否則我一點也不要．而你已經不可能完全屬於我了．你為我建立起來美麗的夢想王國．徹底徹底破碎。

在這個世界上．曾有那麼一個最美的女孩．她說她不會再愛別人．她全心全意地愛著我．然而我已經失去這個女孩和她完全屬於我的愛了。

十月二十六日

二十三日，我就跑回去找L，然後我就陷入一種新的尷尬局面，讓我無法完成我的稿和回去過我一個人自由自在的生活。我好怕，怕又要失去我原來的生活，怕不能自由地去追求我所要的未來和生活。

我得誠實地問自己「我為什麼要跑回來找她？」──（1）遠因是C讓我絕望，我深深覺悟到C一點都不適合我，我對於她只是一種病態的懷舊與執迷，我一直幻想著最後她能接納我，然後我能和我的初戀情人彼此相屬。但終於發現那根本是癡心妄想，她不但不是我所想的樣子，她眼我是兩種人，她也完全不能接納我，而我也沒我所想像的那麼愛她，回頭一看所有的幻想都那麼不切實際。所以我把在潛意識中為C儲存的愛收回來，才驀然發現我惟一擁有的只有L給我的愛，只有她是真正愛過我的人，她也是唯一我活生生可以握有的愛。（2）近因是不希望L真以為我絕情至此而送玫瑰去她家，我那時只想友善地待我愛的人，但似乎只要鬆懈一點防衛心就很難再看守得住了。二十三日游完泳在路上遇到活生生的她，就真的潰決了，那是一種破解不了的符咒，我抵擋不了她活生生在我眼前對我的強大誘惑，這是我棄械投降的主因，也是我之於她的「宿命」。

接著我必須問自己「我最需要的到底是有負擔的愛還是孤寂的自由？」──孤寂的自由是我精神上構築出來的終極追求，我要到法國流浪，追逐那種隨生隨死的藝術生命，那是日日夜夜敲打著我心靈的渴望，從人類社會巨大的價值體系和自己心靈結構的枷鎖裡解脫出來，那裡是自由、愛與藝術結為一體的心靈故鄉，我思思慕慕的美之終極。但在那之前我得經過百般的試煉，讓我的心通過人間諸般世相的錘鍊，

一一解開俗世加諸我的結，唯有當我穿越人間時再也沒什麼能糾結住我的心。我能進出自如，才有真正的自由。我想有所負擔的愛和孤寂的自由都是一樣殘缺，這一生可能很難有所謂的完美，愛還是有負擔，自由還是孤寂的，只能使它們彼此逼近，在愛裡充分自由，在自由裡也擁有愛。但這兩者要我抉擇，若選擇愛使我回復到以前的混亂，痛苦，疾病和醜陋的個性，則我必要放棄，最低的判準是我不能失去自我（自由自在的個性，對各種人事物感興趣的生活，狂熱追求藝術的心靈，強韌實踐理想的意志，終極侍奉精神之豐美、廣闊、自由的屬性）。所以相對的，若選擇愛則得將它經營到我能秩序，幸福，廣闊和豐美。孤寂的自由或許沒什麼壞處，它是我生命至今發現最好的平衡境界，但現在的我去愛加上L在這個生命階段對我的重要性，卻是比孤寂的自由更有意義的生命設計。

如果L的回來投靠我，「我能負責得起嗎？」，這牽涉到三個問題——（1）「我有能力做長久的承諾嗎？」：長久是多久？一年、三年或是終生彼此相屬，倒不如問我有能力讓自己達到彼此相屬的心理狀態嗎？從前不能達到那樣的狀態（a）是因為我自己不能接受自己的心理問題（b）我不信任她能完全接受、屬於我（c）我沒有把兩個人的生活過得如我想要的。如今呢，我想（a）已經走了一大段，還需要再走才能完全走通，（b）則是我得重新考驗自己起的一部分。如果我能做承諾也只是承諾：（除非她要離開我否則我不會再逃掉，即使我再怎麼痛苦也會堅持努力下去。）而這種承諾我有能力做嗎？依我的個性付得出承諾的代價嗎？對我有重要到我要付出承諾的代價嗎？這最後歸結成「值不值得」的問題。

（2）「關於我自己的心理衝突我能處理好了嗎？」：從前心理衝突的內容（a）性上的強烈欲望使我有罪惡感（b）不信任她為自己感情負責任的成熟度而對未來感到悲劇（c）自己在生活能力上的欠缺及先天上的不合格使我有自卑感（d）孤獨裡的純淨自由和愛情裡的混濁束縛彼此爭鬥。這些內容我想（a）、（b）可以靠著她對我的接納和承諾使我建立信心。如果彼此在性上的需求能配合且發展到極致，即表示她對我的信任與承諾。而其他的歧異，也較容易被此適應。（c）、（d）則可以藉增強生活能力及彼此有效溝通方式的建立來克服。

（3）「我要怎麼給她比別人所給更好的生活？」：生活的內容包括（a）目標（b）價值（c）興趣（d）休閒（e）生活秩序：休閒的習慣可以培養，興趣我可以潛移默化地影響她，價值可以經過溝通而達到和諧，生活秩序必須靠我自己堅固意志使其堅硬成形，目標則我尊重並鼓勵她的計畫。

在這種局勢中我要如何自處？（1）若她毅然決然地來投奔我，我當然是二話不說地負起責任。（2）若她下定決心要我走開，我也會歇斯底里地離開，不會有怨言和覺得受傷，只當是把原來屬於她的我交還給她，補償一部分我對她的傷害，算是在精神上圓成我們破碎的愛情。（3）至於若她始終擺盪於兩極間，則我將努力過我一個人平靜的生活，以我最自然的狀態與她進行精神上的戀愛，當我感覺到愛她時即以文字熱情地擁抱她及展現心靈極致的美，以贖罪的心凝情地等待她的回歸。尊重她的要求，只有在她允許的範圍讓我

的思念漫溢成行動，而在她需要我時用全部熱情淹覆她，泉
承湧以報。而在她處理好她的衝突前，我可以慢慢準備好我的
承諾和生活能力。

我二十歲的愛情觀是如何呢？——我不相信永恆，我不相信
彼此占有才能保有愛情，我不相信共同生活是愛情的終極目
標。我相信人仍是心理決定的動物，人會寂寞、軟弱，需要
別人，所以一個人不可能始終只屬於一個人，只愛一個人，
每個人都應該被允許自由地去愛，我不相信加諸人為的限制
造成的事一假相。只是各種愛有程度上的差別，所以人有抉
擇，這抉擇的目的也不在共同生活或現實上互相依賴，而是
讓自己在最肥沃的土壤上盡情地灌溉施肥，以開出最美愛
情之花。愛的屬性仍是精神、靈魂的，且愛人主要是自己
的心靈經驗、是自己的精神冒險，形諸於外的才是對待愛人
的方式，所以愛原是自己一個人的事，自己精神上將愛的感
覺開發到極致才是終極的目的。所以能在心裡愈來愈愛一個
人，到達彼此心靈結合，才是最美的愛。

十一月八日

我的生活變得一團亂，我的心裡也一團亂，我受不了我自己這個樣子了。似乎是一波未平，一波又起。和L經過兩個多禮拜，三個星期的糾扯，直到昨晚又進入另一齣戲劇化的高潮。然後今天收到中央日報的退稿，取消推薦新作家的邀稿，使我頓時天昏地暗，整個人都站不起來。

昨晚終於和L談出她的核心衝突，是「黑豹」情結。上個禮拜三在校園裡碰到她，我牽著她的手欣賞黃昏和路樹，兩個人買了麵包到傅園裡說話。晚上各自回家後她打電話給我說她不喜歡我牽她的手和碰她，說她覺得我會把原來的我打破，然後我們最後決議分開。直到這個星期一，我把十三張信紙的自白書交給她，那晚掉頭就走，回到家才記起她臉色慘白的蒼白，又打了通電話給她，結果連續兩個晚上我都在當她的心理治療師。

昨晚從胖廚師的夢到黑豹，經過我的假設和推論，終於找出她恐懼我的原來是「性」。她說那個與我分開的暑假她一下子懂得許多關於「性」，之後她認為她跟別人可以有那個東西，但卻堅持跟我要絕對地精神。這是她之所以害怕讓我進入她心裡而要在我面前有意識地抗拒我的緣故。

我昨晚聽了真是大受傷害，從前我就是因為「性」而產生罪惡感使我逃開，現在自以為克服了而回來，沒想到她反而不能接納這樣的我。又擁抱了我過去的創傷，使我像又被丟出去，一下間真招架不住，很想再逃開。自卑感也蠢湧而上。

她竟說跟別人可以有性，跟我獨不行，這真是侮辱。想及她跟別人親密不行，這真是侮辱。想及她跟別人親密的樣子，我格外難以忍受。我也猜疑起是否我在這上面無法帶給她別人帶給她的快樂，這更叫我傷痛。

昨晚我們留下兩個問題：（1）如果我決定克制「性」這部分的欲望是否真能克制得住。（2）把「性」這部分拿掉之後，所剩的關係是否是她所能接受分拿掉之後，附屬的親密情愛也除去後，所剩的關係是否是她所能接受的。──我得先問自己「我願意接受這樣的待遇嗎，為什麼？」：我能在語言上隨意表達我的依戀和熱情，順著我心裡感受到的愛意而自然產生一些溫柔的肢體接觸，甚至隨著我們彼此的信任和依戀發展而慢慢地建立起彼此的性默契，這種過程是愛情最美麗的主幹的，且無異阻斷情感流通的管道。我不是聖人，從來都不是，若硬要我偽裝自己表現出聖人的樣子，我不能接受，如果我接受，也只是為了自己塑造在你心中的神像，但我不要這種神像式的愛。

十一月二十日

我要回來我的生活軌道上，好好經營屬於我的一份生活——我的課業、我的工作、我的興趣、我的創作、我的自我、我的夢想。過去的五年我一直覺得自己活得深刻，但現在看那種深刻卻又覺得空虛，只能算一種根深蒂固的痼疾像肉中刺一般產生把我深深打進存在裡的痛感。這痛感就是我從前的深刻。如今把那根刺拔出後卻再也無法感到深刻了，失去了深刻感，我幾乎不知道我自己是誰。

開學之後，我原本衝勁十足，在小說、電影、英文、課業、人文知識、古典音樂上，再過上後，我什麼都鬆懈下來了，一則是因為我的自卑感消失使我徹底放棄成就欲的逼迫，再一則我什麼也感覺不到自己，原本使我和那些珍貴的東西掛勾的自我退散後，那些東西也都無法掛得住，像一顆大樹倒塌了。

這一個月來我變得太虛浮、太輕薄，我隨隨便便任自己淹沒在安逸的生活之流裡，我在塗了厚厚油脂的地面上站起來又滑倒站起來又滑倒，哭不出來卻反而因滑稽而嘆噗笑了起來，我花了絕大部分的心理能量拼命奔跑，想跑出這片不知邊際的油脂，卻總在原地。我不是這樣的，我不是這樣的，我在心底吶喊，接著又有一個聲音在鳴擊著：那我走怎樣的。我不是要徹底自由嗎？我安逸，我隨波逐流，我不需要任何成就、秩序、歸屬、重量來肯定我，我能解離於所有人的價值和體系之外，我做得倒像個幽浮般輕飄飄，我可以不落地而活得好好的，像躺在軟綿綿的雲堆裡，舒舒服服地躺

著不想起來，彷彿這就是我長久以來所渴望的生活感覺——
完整、柔嫩、溫暖、光亮、透明、鬆軟、乾淨、沒有痛苦，
我以為我終於得到我所渴求的，所以我要好好愛護珍惜。我
恥於為了虛偽的深刻感而用幸福健康置換殘缺痛苦，如此得
到的殘缺痛苦像人造花般，只是浮在生命表面的假相，不是
我所能真實擁有的。

我曾說，「我發現這種存在感和方向感是我活著的必要條
件，沒有它們活著就沒意義。」

* 我參詳有一天會（保）發現我愛（你們），可是那麼多的情感，我不知道我（現在）愛誰，也許（無論）如何我都不會回去過去了，現在在（隊物）地方我主現（此）地（像）那（你）（什麼）我的（隊）裡面（本參）土了，一個（不福）播在門外（城堡）的托邦的城堡（員）的半（自己的幸）走了

到目前可以確定的是：（1）我不要情緒上的東西，那些東西過去或許可以滿足我，而過去情緒上的東西也相當程度地代表心中的理智認定，然而如今的情緒就只是在特殊的情境下激發出來的衝動，或是不知不覺中背負的滿足對方的義務，它並不再能成為理智的參考座標了。（2）我要的是一種深刻的愛情，無論這種深刻是以什麼樣的方式產生，是生活的默契、相知相惜、患難與共、彼此相像，或超支的付出與接受。這樣的愛情必須能增加我活著的意義。

十一月二十六日

如果我生命中真的失去ㄴ，那是怎樣的損失，我能想像嗎？一個原本屬於我的寶貝就這麼輕易地拱手讓人，我們兩塊原本是緊緊結合在一塊的，如今卻得硬生生地切開，且這第一次切開是連過去命運相屬的感覺一起切開了，除了身體要遠遠地分開外，原來彼此共同擁有的也全都消散盡了。

十二月三日

分析這六個禮拜的歷史，我愈來愈退回自己的世界，她則愈來愈回復對我的感情，但因我給她留了一條可隨時闖入我世界的通道，所以每當我辛辛苦苦鞏固好自己後，只要她一闖入我就全盤瓦解，然後她不再眷顧我後我又得重新收拾起自己。這是我一直無能真正振作起來去經營自己生活的原因，我不知道該怎麼去設計我的生活，要不要把「等她」這件事設計進去，還是排除她全力去追求我原先計畫的未來。由於她的進進出出，牽動我的情緒擺盪於這兩極間。當她一出現在電話裡或我眼前時，我難以扼止地就融化成無限的柔情，將全部的尊嚴、自我、理智、驕傲、自由和傷害都交出，只渴望換得她多一點的愛。等她走後，我就得自己站起來，而我只有拔去想要她愛我的渴望，打破對於等到她之後幸福的幻想，才能彌縫起她每天再眷顧我所鑿酸楚的缺口，及對抗那股不斷湧流要把我拖進泥沼的愛，否則就會站不起來癱在地上。

十二月九日

（１）我與生活的關係

（２）愛的未來式

（３）藝術的追求

十二月十日

已經找不到我能看了藉以獲得平靜的書，我也進不去任何自己，任何書的心靈世界，我沒辦法跟自己說什麼話，我的內在生命在不安，在驅動，我的意志力在萎縮，萎縮到使我害怕的地步，我無法跟我的內在取得強烈的連繫，讓這連繫傳達有支配力量的旨意，所以我的心靈和生活呈現無政府主義的狀態，它不知道它的下一秒要往哪裡去，它不知道要如何設計每個日子，它不知道用什麼力量去完成每件責任，它是如此昏昧無能。

我需要封閉的心靈世界，藝術家需要完全封閉的心靈空間，我需要孤絕、寂寞、安靜，我得努力回到自己，跟自己的內在保持密切的連繫。我得穿透改變了的生活表相進入背後掌握深層的生命動向，我得回復從前隨時能進入我生命的內裡，跟最底層不安騷亂的脈動結合的能力，唯有這種結合愈強，我賁歡我生命的意志力才能愈強。我不是天生意志力軟弱，我不是天生無能過生活，而是我這幾年愈來愈自由後，愈來愈任自己的生命體整個成為人性底不安騷動的感通體，由於自身累積的生命質地，加上靈觸敏銳，加上心靈自由至上的信仰，我經常無法駕馭得住我那從地底翻出不安的巨獸，而當這掩覆不了的不安擴染到我精神的每寸土壤後，像有一生命趨力集中，對於自己所要前趨的方向確信度高，由內而外層一致的結合緊密時，他的實踐意志力才會強。而不安叙是腐蝕這種結合的精怪，只要有新的不安冒出來，就表示我原來的自我機器沒能安全地應付外界的新變化，或表面上應付得完美然而卻抵觸內在的某處自我基石，所以會整個鬆解，編織嚴密的自我網，除非挖出真正不安的根源，潛入基石的

深底修補那處真正被觸痛的自我，或割除長在自我機器上因
應付不當所生出的癰後，不安才能真的消除，意志力才能集
中。

十二月十一日

可不可以就只是這樣坐下來休息，跟自己隨意說話，趴著
打盹兒，走走看看風雲天水，看看人，念幾段別人的札記，
讓自己的心鬆垮垮的，什麼牽掛擔憂也沒有，所有腦裡儲存
的知識垃圾通通清出去，什麼也不需要去完成，可不可以就
這麼簡單地活著。從前，大一的時候吧，我說我要的只是讀
書，寫寫字，累了時有個人可以陪我散散步，如此簡單清
淡。

L，你認識我在我最簡單清淡的時候，像個隱士，而你也最
天真純樸，如今都已各自面目全非了，我們的世界都又繁複
又喧囂，琳琅滿目的東西令我們疲於追求，而我們的愛情
竟也只是成為那眾多禮物中之一，不再像從前是上帝唯一的
來贈與。相依相守，彼此凝視的日子不再了，這幾天，我愈
來愈能體會你對我們過去那段歲月濃郁的情感，那是我們最
好的孩子了，我也跟你一樣愛他。不知道該怎麼跟你說，我
的想法變化太迅速了，我要的不是生活陪伴，也不是慾望的
滿足，情緒的支柱或空虛中的擁有，我要的是純濃的愛的意
義。

十二月十二日

繼續讀羅智成的《泥炭記》，他又是那麼猛
力地揪扯著我的詩質，使我如垃圾般飄散在
放逐海面上的情緒一下間收束在他疑懷的詩
句上。我又開始懊悔起這種自我放逐的徒然
浪費，苦以美感經驗的方式經營這段躁動歲
月，那麼這些躁動的新土壤就不會一畚箕一
畚箕地只是在海底倒，它們是都能被製成詩
的結晶而保留下來的。會這麼懊悔是由於我
徹底質疑起我允許自己自我放逐的意義，朋
友說「允許自己亂」是學生的特權，我則是
「縱容自己亂」，說「無能」是最簡單的答
案，更可怕的是「無能譴責自己無能」，
似乎大學兩年多追求自由的歷程下來，我喪
失了很多基本能力，統名叫「自我控制」。
若自我放逐有意義那是什麼？在自我放逐中
可以回歸自己嗎，比較能逼近自己嗎？我知
道我需要解放自己的情緒，把自己從每天急
急規畫好的生活格子裡解放出來，我熱切地
在尋找「活得像自己」的感覺，其他的對我
都是可以大力拋棄的。但朋友問我「你有覺
得活得像自己過嗎」，當我在那片廣闊無邊
的狂亂大海上時，我才經歷到持續的精神冒
險，只有持續地去做精神冒險時我才不受寂
寞的侵蝕。

十二月十六日

L，這是抵澎湖的第二天，打完電話給你，已錯過了天色最美的那段黃昏，等我帶著日記本和一顆清明的心到中庭的陽台，想坐在白色的圓椅上陪七彩的天色一起跌入黑暗，在迅速的顏換色的過程裡，給你搶寫一段美麗的心情，然而海面上只餘一種昏黯的橙，和被黑縮擠了的視野，海已近模糊了，我真不忍，不忍未經美麗就衰老了的事物。然而我很快地就又會習慣黑暗中的海，且隨著夜和海風的旋律興奮起來，不是嗎，昨夜乍見黑暗中的海就是如此，但此刻我只好深情地注視藍橙的海面上幾星綠橙，抱著來時的等待退走，避開霎時全黑後淒涼上襲。

被煙蒂燙傷的事，是我自己燙我自己的。週四送你回家後，自己躺在床上輾轉無法入睡，腦裡似有幾百個聲音在那裡衝撞，卻怎麼也無能爬起來收拾房間，抓起筆塗抹在日記紙頁上。這種情形在這兩個月裡斷斷續續存在，直到上週二清華之行回來後，發現自己甚至連努力想給你寫信都難以完成，一個禮拜下來，不敢告訴你，這令我太恐慌了。加上週四晚在中興號和路上和你說的幾段零碎的話，那些話一出口竟如脫韁的野馬，在說它們時我慌張，沒有信心能駕馭待住它們在真實描寫我的跑場內，只因在我心中那些零碎的我都尚未被黏合成整塊的我，所以像漂浮海面的碎冰塊，一踩上去就要翻落。

你說現在能自然地感覺和我很近是由於過去的基礎，但對現在的我卻是陌生而遙遠，我了解且知道必然如此。這是對於現今我們尷尬關係很具結論性的說明，一針見血，在車上聽你說時沒特別刺痛，但回家後這段話卻死命踢打著我昏沉的腦筋。三件事——自己沒辦法提筆跟自己和你寫字，向你說我自己時的慌張，你那段正中要害的說明，加起來令我恐慌已極。我想我已經被打得潰不成軍了，那種心慌的感覺像個忠貞的旗手，眼看著士卒們都潰敗殆盡，卻還得強撐著高舉懇摯的旗子，標幟自己還不肯投降。

我找不到去抓住的東西，我們倆身散之間，心之間……自己呈現出這麼了，然會你角华

十二月二十五日

我和L的關係進入第七個禮拜後，產生最戲劇性的變化，到
今天進入第十個禮拜，雖然我不確知她心裡對我的感情是否
有建設性的變化，但我們在這三個禮拜裡確實如我所要的用
力摩擦了，有一些用血淚換得的東西深刻地嵌進我們彼此的
核心，我們比起前面六個禮拜要能突破彼此厚厚防衛的膜切
進彼此生命和愛的深底，在那裡狂熾地盤根錯節。

十二月十八日

自澎湖回來後，我所建構的系統讓我肯定了愛和自由是我所要追尋終極生命狀態的一體兩面，我得竭耗竭我的力量去實踐。回來再遇廷，他為我加入了「誠實之後才會有勇氣」的提示，再加上與妹妹的一席話，我自己導出「我要誠實地穿越愛」的結論性指令。──「誠實」和「穿越」就是我賴以支撐下去單獨愛」的兩大動力。澎湖之後，我盡全力在鞏固的傾向是「愛對我單獨的意義」，彷彿要做到即使她都不參與我也要能遵循我的內在規律獨舞下去，完成我原先對愛的定義「愛是自己的事」；形諸於外的才關到對方」。遵循我的內在規律就是「誠實」，這些規律包括，在客觀條件許可下（即我的三個前提），只要我為你儲存的愛還沒匱竭，只要我還有能力去愛，只要我還渴望把自己附著在你身上去愛你，我就要繼續舞下去，不能畏懼痛苦和傷害。

至於「穿越」，就是要穿越你還有這段愛情對我終極的意義，要睜眼注視抽絲剝繭後屬於我們之間究竟該是什麼樣的關連，我相信如果我勇敢地走下去，總會走到現出本質的時候，到那時就會有輕輕鬆鬆（非如此不可）的釋然了。那時無論是如何的結局，才是一種誠實的穿越，也才會有無怨無尤的真愛。而眼前我等待穿越的第一道關卡，是「等待你是不是我該如前段所說去對待的人」。我是個身上有很多愛，需要有一個人能讓我附著在上面，可以把這些愛輸出的人。如果沒有這麼可以安穩附著的人，我仍然無法免除因禁目己一個人後突然如飢渴的獸般放逐自己於誘惑和欲望之流裡掙扎浮沉，這就是我軟弱的痛苦的所在。我多麼渴望我能有一個家，即使僅是一個靈魂的家就夠了。一個等待我去歸屬和安眠的洞穴，一塊平坦光清任我狂妄地附著的岩石，收容我免於在誘惑和欲望之流裡掙扎浮沉。但我總是闖進一個不該闖進

的地方，仿彿永遠不可能有屬於我的洞穴，雖然僅是幾年間的流竄闖蕩，但那種絕望深植進入永遠的地帶，所以對抗這種永恆絕望感的方法就是徹底從這種渴望裡解放出來。這就是澎湖之前我所認定一生得追逐的路：自由。

但什麼人是我該全心全意去對待的呢？在我六月撤離C也將他從我生命撤除之前，我以為只要我能找到一個能激發我的愛意且願意接受我的奉獻的人，我就可以長期附著，即使那個人不能接受我整個人，不了解我，不愛我，我仍然能因有個人可以去愛而能靠著自己自動生產出源源不絕的愛，甚至我認為我可以永恆地單獨無止境付出，等待對方來接受、了解和愛我，那時我還在日記上記著「我要得到別人無條件恆久的愛和信任，就得先無條件恆久地愛和信任別人」，且整個生命力似乎都得攤到這種無條件恆久的愛裡去實踐。六月之前我就是用這套想法說服自己去對根本不可能接受我這個人的C作無止境的付出，結果我受到無以倫比的傷害和蹧蹋，我真不忍心怪她，因為她的生命是那麼不實虛弱，那樣的傷害和蹧蹋我得自己承擔起來，是我太天真了，我把關於愛裡的諸般現實看得太輕易而天真。──結論是：「她根本不是我該那樣對待的人」。拿香菸燙自己的手時，就是那部分由於又提醒了我一次腥紅的記憶：「如果我那樣去對待一個不是我該那樣對待的人，我就只是徒然地在傷害和蹧蹋自己」，而難以扼止地劇痛起來。

所以關於我要那樣去對待一個人的前提我得更誠實地面對自己的需要──除了前面所說，能激發我的愛意且願意接受我的愛，是使我能「去愛」的當然條件，接著要把能接受我這

個人，某種基準的了解潛能，和可能愛上我這三個情況也算
進去。最後較難的兩個也是你現在無法讓我確認的部分，一
是需要我也願意讓我需要，願意歸屬於我也接受我去歸屬，
另一則是要有能力且願意和我一起面對這一路所遭遇的問
題，願意和我一起誠實地穿越那個終極的意義。

如果你繼續讓我一個人獨舞，我是注定沒有能耐無止境地付
出下去的，但我現在要讓自己就這樣獨舞，不是為了要等你
來對我承諾什麼，我們誰也沒辦法誰也無須對對方承諾什麼
的。更不是等你來跟我說什麼你可以對我負責的話，我對你
的一切付出和所受傷害是對我自己有獨立意義的事，是我
自己要讓自己這麼做的，我得對自己負責。我不需要你來對
這些負責。雖然你指的是對自己所說的話負責，但我以為你
所說的話只要是在說時盡你所能地忠於自己的感覺就是誠實
了，就已經算負責了，至於我聽了你的什麼話會有什麼反
應，都不是你能和該負責的範圍了。我不知道這你能否了解我
說的「我得為我自己負責」的意義，正如二十四日的信中我
談不希望我傷害自己的事對你造成不良壓力的用意一樣，
「該誰的責任就該誰負」分清楚後才能建立默契。

我想讓你了解，如今愛對我的意義不只是「得到你」或「讓
我們回復從前般相愛」這麼狹窄的範圍，我去了趟澎湖修復
好自己後再回來能更努力地去獨舞，不是為了等待你的愛和
承諾，更不是在製造我有能耐永恆無止境付出的假相以贏取
你的信任。對我而言，我們的愛情或我的這條愛之路，可能
永遠沒有通達幸福的盡頭，但重要的是我所說「穿越」的過
程，我的生命可能是一條由許多自由的黑珠子和愛的白珠子

串連而成的，我不能只要黑珠子或白珠子，當命運塞給我任一顆時，我怎麼也逃避不了，唯有老老實實一顆一顆地穿越。黑珠子和白珠子裡的每一顆都不一樣，正如我在生命中面臨的每一段孤獨和愛問題都不一樣，在這一段沒有解決逃避掉的問題必然還要在下一段裡面對，每解決一個問題就是穿越一顆珠子，而我所穿越的黑珠子和白珠子串起來的數目就是我逼近真正終極自由生命狀態的程度。如果我價值系統最上層的生命意義不變，我存在的深刻度就是靠著我穿越一顆顆珠子串積起來的，所以在愛你之中已經是我實踐自己生命的本身了，不是為了什麼結果而要去愛或不愛，能愛而去愛或不能愛而不去愛這種過程才是目的自身和意義本體，才是我所說的「穿越」。

所以如今我在等待你來告訴我你此刻的緘默是在等待什麼？我幫你設想過幾個答案——（1）是要任我自生自滅，你好把這第二段我所生產的果實收起併在第一段的果籃裡，然後你再接續我闖進來之前你所走的路。（2）是要考驗我是否足以讓你長久託付，我是否不會再如從前般突然逃掉、惡性倒閉，我是否有能力負責得起去愛別人的自己和長久愛一個人。（3）是等待你是否能再回復我的愛，是否能完整地將你心中過去和現在的兩個我併在一起，甚至你是否有可能再如從前般去愛人。（4）是衡量我是否是你現在所需要的人，比較過去、現在乃至未來你自己需要的差異，在別人、過去的我和現在的我所能給予之間作折衝取捨。——我相信你的情況可能更複雜需要以你的語言才能真切描述，但若是這幾種，自然難以對我啟齒，但無論你終究會不會來跟我談

你的問題和困難，我的獨舞會終止或再繼續於我獲得「你是否我該如此對待之人」答案的點。而除了你來告訴我和我親自前去運用兩種辦法外，在我的獨舞中也會自然地收到來自非語言的神祕訊息，讓我可以確知我想知道的答案。我不知道那是什麼時候——或許是我內在有一清晰的聲音在告訴我：（你不敢告訴我你不可能再愛上我，或你的生命不再需要我，或你已證明我不足以讓你放棄眼前所擁有的方向去託付，或你根本不願意和我除了大一所擁有的那段外再去「穿越」什麼），到那時候也算一種「穿越」，獨舞就要結束了。我自己要獨舞下去的，就要也讓你了解獨舞對我的意義，以及在那裡面會自然衍生終繼的動力是什麼，讓我們一起承擔好或不好的後果好嗎？

我我微弱的思想 語言 勞動 物
我樓至狀本我生命方是約我把自己弄得很疲倦了

1990/

一月三日

這次回員林，我比以前都更能感受到我究竟有多愛我的家人，我對他們的虧欠有多大。爸爸說「你們就是我啊」，媽媽說「怎麼不交個男朋友」，姊姊說「要是我有錢，我會先到法國去看看，才放心你去」，每次上中興號跟爸爸或姊姊揮手，心裡那種不忍。他們哪裡知道他們又要把他們的女兒妹妹送去過什麼樣地獄般的生活。姊姊問我「把自己放逐到那麼遠的地方，真的是為了理想嗎」，放逐，真的是放逐，我說台北和巴黎的意義是一樣的，一樣都是放逐，有家歸不得的放逐。

村上春樹啊，我痛苦難當，痛苦像一個破了底的口袋一直漏個不停，我不知道要怎麼樣才能讓它把破洞收縮起來，教我要怎麼才能做到你的「六年裡我埋葬了三隻貓、燒掉了幾個希望，把若干痛苦捲在厚毛衣裡埋進土裡，一切都在這無從掌握的大都市進行。」我沒辦法終止我現在的精神狀態，痛苦無限漫延要爆破腦袋的精神狀態，只有吃安眠藥和看童話短路。

我為什麼有具這麼悲慘的軀體，這麼下賤要經常招惹自我傷害的愛情，難道沒有愛情就活不下去，又為什麼這麼容易痛苦生病癱瘓，這麼沒有能力活下去，一下子就又被推到死亡的邊緣在那裡卑賤地掙扎著。六年裡我幾個日子過得容易過，更何況快樂輕鬆，生存對於我這種人是太艱鉅的工程了，我這麼困難地活了這麼六年，真是苟延殘喘，背著這個痛苦的軀體看還能忍耐走到什麼時候？自從我十五歲以後自己長出來的這個我根本不適合生存，但他卻還像背負著什麼使命一樣努力地活下去。

被愛沒辦法拯救我，去愛人似乎能夠拯救我，但由於我沒有
被愛的能力，所以得不到真正的愛情，得到的也只是暫時的
拯救，鬆開這種拯救的手卻又掉到更深的深淵了。我總是想
盡辦法在拒絕被愛，似乎我的全部意志都是用來對抗被愛的
需要，那種渴望是如此深切以至於轉化成愛人的熱情是那
麼強烈，而當它指向外時是狂暴地噴瀉而出的而不是細水流
長，所以要快速枯竭於這種噴瀉方式，且要吸進被愛飢渴一
直被偏絕滿足的劇毒，而這飢渴的性質是愈強烈地去愛也就
愈發燃燒，最後既是快速枯竭又全身紫青痠腫，終於早夭。

再一次得到結論：一個沒辦法愛自己的人也沒辦法去愛別
人。

一月五日

如果又只剩我一個人，我相信我要繼續活下去是很容易的事，無論是頭角崢嶸、庸庸碌碌、生死浮沉或自我毀滅，我生存的前提是如存在主義所說：自由的。我可以隨生隨死，隨時把自己放逐到無人的社會邊緣，一無所有的空虛裡，所以我的負擔和責任是很輕的。我相信當我渴望心靈核心被穿透時，我這具滿身創痛的軀體會完全暴露他的殘缺，也只有這時候外界才傷害得了我，否則其他時候我是堅強得像個超人般的。

我再問自己一次，我真的要搬家嗎？我真的要拋下她還有這上下兩段如火焰般的戀情嗎？不能默默地守在她旁邊等待她的回頭嗎？不能，即使她真會回頭也不是靠我默默守候回頭的，只要我在，她就會收斂壓抑她對我的愛，唯有我斷掉緣去自由飛翔，她的愛才會奔放出，而守候也只是徒然地在彼此傷害罷了。她在這種過程中，為了要保護自己和她對我的愛，一定得關閉自己，而我也一定是愈陷愈深的渴望和付出，兩個人就一直以這種方式嵌合，所以這種過程得結束。而我得徹底斷斷我的渴望並恢復自尊，去追尋我自由奔放的生活和火焰般美麗的生命。

一月七日

以後要好好照顧自己，好嗎？不要再折磨、傷害、虐待自己，好嗎？我已經讓自己受到太多傷害了。六月到中和時我是怎麼告訴自己的：（不自己傷害自己，不做傷害自己的事，不招惹傷害自己的想法，不讓別人有傷害自己的機會，不訂傷害自己的標準）好好愛護自己吧，我已經千瘡百孔、瘦弱生病得不像話了，而我才二十歲。

愛一個人愛到如此自傷的地步，真是違逆人性，對不起自己和愛情。我要快速地離開這裡，回到自己裡，大踏步向未來邁進。我能夠的，眨一眨眼過去的一切全部消失，這是我生存的基本條件。去愛過了去償還了，也就夠了，我已經耗竭我的愛了，再也不欠她。屬於我的現實和命運就是這樣，我已經長大了，應該要能接受屬於我的現實和命運，不能咿咿哀嚎的。咬緊牙關，承擔起一切破碎：破碎的心，破碎的身體，破碎的生活秩序，破碎的學業，很快就會衝出去的，很快又會恢復完整的。愛，就是這樣，敢去愛就要敢被傷害，這是勇氣。我不得付出傷害來買愛中的收穫，愛的收穫不是得到一個人，而是我說過的：能愛而去愛，不能愛而不去愛的過程本身，我真的去愛了。

我確實還沒能力去愛人，我的心裡太殘破了，我的體內太不安定了，這是我對不起她的地方，我不該冒然地又闖回她的世界。曼說「要把那隻怪獸鎖起來」，我確實沒權利把那隻怪獸放出來，我管不住牠的。我要好好愛護我自己。

學妹說：你覺得值得就好。值得嗎？其實不值得，這個學期漫長的十個禮拜真是白受苦，白白摧毀我們以前累積建立的愛情神話，各用全新的自己彼此傷害，白白承受這些醜陋啊，命運到底為什麼要如此作弄我？

一月十一日

自從六日撤到景美，好快又過了近一個禮拜，這一個禮拜的表面生活雖然很亂，但卻有好多人在我的生活裡進出，使我和世界間的裂縫不致於因和Ｌ二度撕離而一下間又無可救藥地爆開來，像上次逃開Ｃ踩到中和的孤絕情境一樣。我想我是愈來愈健康了。雖說是大悲劇，但我似乎頗有能力承受這種事實，並沒因而更拒絕這個世界，也沒更逃避人而陷自己於孤絕之境。我未來一個人要走的路也沒因此而變得更令我恐懼。這一切並不會比我曾領受和體認的世界更慘。我所曾經歷過的孤獨痛苦絕望恐懼毀滅是遠超過這次的，我過去所了解認識到的關於我自身根的命運及與世界的關係也都還遠闊綽地包容這次而有餘。尤其量我也不過是恢復到進入這段感情前的生命狀態，走我原本準備好要走的路，過原本屬於我的生活，穿越原本我所承認的世界，增加的是十個禮拜有的人能愛、能有所歸屬的記憶。損失的是我在她心目中神像般的地位和她對這神像的愛。至於我在這之中所受的自卑及渴望的磨傷則是最容易修復的，只要停止累積了就會很快消化光，一點痕跡都不會留，所以不算什麼的。

一月十二日

此刻洗完澡坐在這裡，攤開日記，隨便地跟自己說些什麼，平靜安詳得彷彿全部的時間都凝在這點上，沒有過去也不會有未來，乾乾淨淨得就這一身。如果就只是睡覺、吃飯、洗澡、讀書、寫字，我一個人靜靜地在時間裡自轉，這樣的世界也就甜蜜得可以酣睡。我需要絕對自轉的動能性和時空權，這是屬於我關掉電源和世界握手言和的停想點。

一月十四日

這世界關於人的脈絡竟於此刻浮現出來，「人」的意義於此刻對我綻放，這是我自身體質的轉變或說經歷了這些年的狀摩刹削而終於磨鍊出自發與世界發生關聯的能力呢？這是自然的成熟呢還是後天的補償？

一個人要來了解身邊的東西不是絕不要輕易的去找答案，我找到我。我沒辦法三天就不會感於評等我不會有意義……

永遠都看不到她和我的日記了，一個是原本不屬於我的但卻曾經屬於我且差點永遠屬於我，一個是原本不屬於我且永遠屬於我的，但通通丟掉了，永遠都不可能再屬於我。正如她說上的「我丟掉大大的你」，我意識到丟掉她是這次才產生的，上次是我自己不要把她拋掉的，那時根本沒讓自己愛進去，整片精神與她的精神相連，所以分離只是切斷懲罰的電流罷了。這次真的讓自己深深地渴望、深深地為愛付出、渴望自己能屬於一個人、渴望一個人能屬於我、渴望能狂妄地去愛、渴望整片精神能與一個人的精神相連，而切斷這種渴望的根源我才意識到「失去的痛苦」，她對我的意義才是原本可以屬於我的而卻被我丟掉。由此她才進入我的精神系統占據一份恆久的位置，我才算真的在愛她。無論她的實體在不在我身邊，她就是在我的精神系統裡，永遠是那整塊精神裡的一塊，我就是永遠要以愛自己的方式在精神裡愛她。她是我心裡一個永恆的精靈。

永遠都看不到她了，她要離我愈來愈遠，到那個永遠都不需要我的遙遠國度，我再也找不回那個愛的她了，永遠都看不到她了。《斜陽》裡直治自我破滅的痛苦，咻咻咻，我唯一能找到永遠看不到她的意義是，我隨時可能毀滅我自己，我不要她見到我的這種下場，我要她擁有屬於她幸福快樂的生活，永遠不要與我相干，我太愛她了。

一月十六日

要克制自己的愛欲，努力地去愛周圍的親人和朋友，這是我若要活到三十歲的出路。愛欲從來沒被滿足過，只有不斷地燃燒我自己，一次又一次地賣竭而倒地，即使發出需求的訊息也不會有人回應的。別人的回應是帶著更超乎我所能付出的要求而做的回應，這樣的回應反是毒液，除了去疼惜照顧女孩子的需要外，從沒以被了解和疼惜的方式滿足愛欲過。被了解和疼惜對我是同一件事，但身為一個作家的語言文字創造者，要從人與人之間獲得了解是最難的。如果天性繼續在語言文字創造的路上走，「被了解」的愛欲是一定得割捨的。

如果不克制好自己的愛欲而任它橫流，「人」就會像沙特所說的成為我的地獄，而不再是一座美麗的花園。即使我再餓都不能把花園裡開得最大朵的花摘來吃，否則我花園裡永遠也不會開出大朵的花。我得學習如何去愛我周圍的人，而不是帶著渴望毒液的愛法。這對我而言是最困難的事，在全開和全關之間能有半開半關的愛法，我得好好珍惜我周圍的人，小心不要踐踏到他們。

一月十九日

卸除情人的角色半個多月後，反而輕鬆起來，我就是應該一個人了無羈絆去追求屬於我光芒萬丈的生命，我就是要燃燒自己去綻放萬丈光芒的生命體。這世界太遼闊了，我要自由去奔馳，放手一搏去成就我的藝術生命，以我所奠下的與此世界建立關係的能力和我體內蘊藏的藝術能量，我相信我是能在這世界之前做淋漓盡致的演出，並且創造出一獨特超越這世界之上的藝術生命。在這之前我所要做的是擺脫所有社會價值的束縛，並且鍛鍊出能負責起自己的安定能力，以達於擁有能自由獨立自轉的動能性和時空權。有了自轉的動能性和時空權後，我盡完我念大學的義務且負擔自己的經濟，剩下的能量和資源就全部投入餵養和發展藝術生命裡，甚至就將生死繫於此一點上，像個頂尖藝術家般為了藝術徹底孤絕於人類命運之外。——第一件事就是像三島在大學畢業時寫出一本能證明自己是個小說家的長篇小說，屬於我的《假面的告白》，證明自己是個小說家。

Ｌ，把你趕走是好的，對我們兩個都好，我們都還需要再去成長，我們連自轉的能力都沒有，如何共轉，這樣的共轉只是互相阻礙傾軋，且這阻礙傾軋是嚴重到要彼此毀滅的地步，因為存在我們之間的吸引力太強，會彼此把對方吸進生命的核心，所以一旦轉動的頻率有差異就會使內在系統破損得很厲害。你說的「希望我能聰明到自己知道你是怎麼想的」，我想你也會認為把我趕走對我們兩個都好，我在不在對你而言沒什麼差別，我就是以神像的形象活在你心中，不在

管要用那一套尺度檢查，我是難以否定你對我的愛。這樣的
愛說來荒謬，你能無視我這個活生生真人的存在而執著地認
為自己在心中愛著我，你能以把我塑造成一個完美無瑕神像
的方式來愛我卻無法忍受真實我身上的殘缺，你能極盡殘忍
冷酷地待你眼前的我以保護你心中我的神像形象，你能一刀
把現在和過去欣斷借屍還魂般地以狂烈的愛澆灌我卻當這具
過去我的屍體為全新的陌生人，你以這種方式愛你「所謂的
我」太荒謬。（１）如果我們倆之間這樣的結局是源於我
在十八個月裡的人格變化，使你無法再對這樣一個變化後的
我生愛，如此是義無反顧需要趁早分開的，且是永遠不可逆
的化學變化。一點留戀都不應該有，這是最不悲劇的一種。
（２）如果是源於你在十八個月裡的人格變化，使你改變去
愛人的方式，失去過去完全寄生在我精神裡的愛人能力而代
以獨立於對方生命之外平等參與的方式，使你無法再產生過
去那種愛我的強烈感，若是如此而分開則喪失能夠彼此調整
以新方式結合的機會。（３）如果是源於你以錯誤的方式愛
我，為了昇華與我撕離的痛苦而重塑了一個神像的我來將你
的愛推到極致，在原本我給你的實愛之上又加上了厚厚的想
像虛愛，所以遇到真的我出來檢證後會全部要垮掉。若是如
此則是最大的悲劇，因為就不是你不愛我了或不能愛現在的
我，我們之前不是沒儲存愛且還是非常多愛，只是你把原本
實愛的部分都劃進虛愛的管轄範圍內，如今遇實愛的對象出
現卻全部都領不出來，全部凍結了。這樣分開真不勝欷歔，
因為這樣的錯誤方式是會在你成長的時間裡校正的，那是戀

愛初期必經過度美化戀人的夢幻階段，那麼深厚的相愛基礎
卻因過不了這關而整個夭折，原本能夠讓你降低愛強度的要
求而接納真實的我而從那基準點再愛起，不但這樣的機會喪
失了，連那份一生難得再遇的深厚情感都因虛妄的幻覺而一
筆抹殺了。（４）如果是源於你必須在心裡反抗你的精神依
附對象才能通過精神自主和獨立的發展任務，這在你的生命
裡是必然趨勢且是你的深層渴望，若是如此對你而言是太殘
忍了，叫你心裡的兩大股欲望「依賴和獨立」相殺，讓你飢
渴成長的自我併吞了你最愛的我，對我而言分開則是必得如
此的步驟，但我的這一步驟押上的是我們之間永遠的命運，
這就是悲劇所在。由於你自然成長的軌跡而導致必得如此的
立即性分開步驟，它的必要只是立即性的卻非永遠，但賭的
卻是一輩子不再有交點的整體命運。

存在主義所說的「親密感」和意識的交流到底是什麼，人與人之間意識的不可穿透性，這不可穿透性下的「親密感」是如何觸到的。對於我關於「親密感」的高峰經驗是被「強烈需要和依附時的感覺，那時彼此的意識是相通的，那種相通是如何產生的，是由於彼此都將對方當作意識強烈指向的對象。

一月二十一日

跟文婷說「人跟人的關係最後是靠意義不是靠情緒」，她問我為什麼能把意義抓得那麼緊而不受情緒種擊。我說我內在的全部系統都建立在意義上，這個垮掉了就什麼都沒有，就什麼都空無了，所以全部的力量要抓就抓緊這個意義，否則就是死。同樣類似的話我也跟L說過，我說「愛的感覺會隨時間而變，但意義是累積出來的，不會因為後面的東西而否定前面的東西」。第二回合我之回來愛她就是在愛一種她之於我的意義。愛她是一種抓緊她是唯一願意接受我，唯一願意珍惜我的人，她是唯一願意屬於我的人。我抓緊這樣的意義去打開自己愛的閘門，然而我唯一擁有的真實竟然在回頭時徹底失去。她已不再願意屬於我。真是注定不屬於我的幸福和不屬於我的人，從前是我沒有資格接受，如今是她不願意屬於我了。

不應該抱怨什麼了。兩次的對待關係很公平，以前她因我的離棄所受的傷害和毀損比起我大太多了。以前由她承受這些而我解脫，如今顛倒過來對待由我承受而她解脫也不為過，而在這第二回合中間我所獲得的還是很多，卻沒有承受到她以前所承受的那種重量，我還是沒什麼好抱怨的。但我卻用掉了我唯一擁有的真實可能性。失去了我從我的現實裡掘出最好的寶物，然後又回到我沒擁有任何真實可能性的真實裡，這兒是我最踏實的真實感。像是在沙漠裡挖到一張可以兌換水源的彩券，趕去換，店已關門倒閉，然後我又回到我

荒涼的沙漠過著沒有水而幻想有水的生活。眼前我能夠賦予前面苦難的日子以意義，卻無法憑藉什麼而保存下意義，似乎我的過去都將會在我的感覺系統中變成枯骨或蒸發消散，什麼意義都不會留下來。我為什麼會想要為過去發生的事留下什麼意義：怕自己白活，活十年、二十年、三十年意義都一樣，真難以想像活到一種「過去對我是一張大白紙」的地步是什麼樣子，會很難堪吧，會笑自己幹麼那麼努力地活下來這麼久，卻只踮著腳尖踏在一個空洞的現在點上，不值得為之而活的時間，一切活過的都會被擦去，過去的感動和痛苦竟都被驅逐出我的感覺系統，我是徒然地活過過去且徒然地站在現在，那樣的狀況以現在的我想起來是難以忍受。

一月三十一日

今晚竟然跟老姊談到以後奉養父母及她的婚姻計畫，那種感覺很奇怪。我驚奇於自己竟然能置身在這樣的感覺和氣氛裡，好像那是屬於我的「隱藏現實」，而我從來沒正視過它且拒絕承認，然而它卻附在我的身體上讓我能忽略但不能擺脫，彷彿有一面巨大的鑼敲響在告訴我「那就是我所擁有的現實」。「現實」，「現實」這兩個字此刻用力踢打著我，我渴望降落在自己的現實上，我渴望現實能把我從生存的太空漫步中拖下來，我渴望被屬於我的現實包圍而能不再擁抱漫無邊際的虛無，我甚至渴望有一隻現實的犁可以讓我拖，似乎為了「活下來」可以無所不用其極。我親耳聽到我自己在跟老姊說（等我出國回來後我會把爸媽接到台北和我一起住），這超乎我這幾年生命的預算太遠的承諾，好像說這話的我在吹一個美麗的大氣泡一樣，而那個被描繪出來的未來的我也像個外太空人般。但當我讓自己去觸及實踐這個承諾時，卻產生一股能結結實實活著的力量感和想像，那使我瞬間萌生了令我欲淚的希望和信心，好像眼前生命的大不安定和風雨飄搖都會過去。

L，我確實深愛著你，這是繼「我愛我的家人」和「我要死在我從小生長的這張床上」之後我所知道的第三件事。我希望我對你的愛能凝聚成如我手上的疤般永遠凝聚在我心上，這是我所擁有最珍貴的財富，我再難找到一個比她更美，比她曾愛我的更癡情，比她在我心上刻下的愛戀更深，比她願意給我更多的女人。我在二十歲之前能擁有過這樣女人的心

是我的富有。如果這項財富的意義因某種變因的加入而消失是我的大損失。現實、悲劇，我們倆隔著我們合起來的龐大現實各自擁抱著這超凡的悲劇而替代活生生地相愛，最後竟變得酷愛起這現實和悲劇了，這現實和悲劇就成了兩個硬幣插在兩個精神相連的人之間的錫箔紙。我相信我們仍彼此相愛，且絕不比我們過去任何時刻相愛得少。你是一個值得我永遠把你放在心上的女人，但我們終絡各自發現屬於各自的一大塊現實土壤，而我們彼此都不適合把對方移植到自己的那塊土壤上，正如你大聲喊出的「你不能跟我生活在一起」，但這不表示你不愛我，我們都將需要且必須為這也是我們各自歸屬的現實而活下去，你已比我更早發現屬於你的現實且開始認真地為它而活，很快地，我也將確認屬於我的現實，且死命地抱住讓它幫助我活下來，並且以超高的速度擴張這現實的土壤，所以除了現在的我攀登不上你的現實土壤外，以後你將更難以企及我所建的現實王國。悲劇嗎？我是否該感謝你給我這麼個大悲劇，正如直子造就了村上春樹般，你也造就了我成為真正的藝術家，為我注入悲劇又把我徹底還給藝術，而藝術最需要的正是悲劇。

一個多月來我腦裡一直存在一個忽明忽滅的夢：夢想著很久很久以後你會帶著你的孩子到法國來投奔我，然後我們可以彼此相屬地永遠結合在一起，我能夠好好疼惜照顧你和孩子。那時候我已具備安定和負責的能力，關於我藝術家的藍圖也完成得差不多，並且已滿足過了我對世界男人女人的好

奇心；而你也經歷過我之外這世界所能給你的一切幸福可能，築造好屬於你生命和自我的建構，獨立通過諸般人世現實挫折艱苦的洗禮而能了解我於你的意義且涵蘊了包容體諒殘缺悲劇的大溫柔——那才是我們真能夠相守的時刻。懷抱著這樣的夢想，又是另一個讓我願意活到未來的精神支柱，姝姝說「有夢是很重要的事」，我難以置信關於我倆這第二度結局的結論竟是：「我要努力朝向安定和負責之路而等待你回頭來歸屬於我」，幾乎是最不切實際和最不可能實現的夢。

麻木的日子仍說著言語為珠是末始終要說自己心裡話的妹妹而同時能愛身為的人

二月十三日

我從中山醫院回來了。二月一日騎車進河後，一連串醫治傷口的苦難遭遇，使我的肉體承受了三十年以來最大的一次折磨。忍受這種「第一大現實的痛苦」近兩個禮拜，似乎是我這個寒假最大的成就，也是最大的收穫。我想以我原本那被甩出「人類精神平均值」超遠的生命是非受此種苦不可的，唯有這般的重創才可矯正我偏差的精神系統使其回復「中庸實用」而適合生存。

這一趟修行使我覺悟了三件事：（１）親人是我這一輩子活著的根源，只有他們的愛是可以大而深而持久，那真是好大一片可以包裹我這具軀體的愛，具有真實的性質：永恆。（２）我必須整個放棄我過去那套以情緒為核心的價值系統，不再完全依賴情緒獲得存在感，不要只活在情緒裡，不要把意義全壓縮在精神裡，而達到「放棄」要從牽動這套系統的源頭切斷，即從愛欲、物欲、熱鬧、變化這些幻相中退出，看破欲望所生這些感覺的虛妄性。（３）面對急性的劇烈痛苦（肉體或心靈）時，拯救者是希望，最大的痛苦的最大拯救就是死亡，而必須透過忍耐和等待來抵達希望。面對慢性的痛苦（肉體或心靈）則是如何承受時間感覺的問題，人無法長久處於純粹時間意識裡，不外害怕痛苦和無聊這兩種終極意識，所以用各種麻醉和逃避的方法來填滿屬於純粹意識的時間，結果使得痛苦和無聊更慌和擴張。應該是分分秒秒背負起這如影子般的時間意識，唯有誠實地接受了痛苦和無聊才能運用方法使其減除，這方法就是「賦予時間意

義」──愛、行動和秩序的思考是我的時間的意義。

從前是由於認定渴望人無權精神的孤寂而反刻意地排拒人，現在肯定了每個人都統治著一大片孤絕的意識領土，卻反而體會到人環繞在這領土周圍能增加對抗孤絕的勇氣。

行動哲學

親人的關係
察覺自己的心理
工作，生命意義

1. 擺定安排計劃
2. 可突破好步
3. 熟練維持好習慣
4. 人際間的朋友感情
5. 學習青感情、生活情趣
6. 生活的孤獨面
未來三年

一月十四日

重看了高三時買的《借生》，看了幾個人（詹宏志、三毛、張大春、蘇偉貞、簡媜）對於他們生命最困頓時的告白，使我感覺到廣闊。這天地間每個人都匍匐著在爬屬於自己的阿鼻地獄。所有的人都同時受著苦難的煎熬，試著掙扎出自己的地獄。而一次又一次的困頓，從這種困頓中得到覺悟和智慧的，才能不再懼怕所遭遇到的困頓。比遭遇困頓之前更有勇氣地向下面的日子走過去。看看這令我感動的剖白，他們都在困頓的呼號痛哭，暫時切斷與世界的連繫後，調整修復自己的信念系統，把心靈視野向外向上拓得更廣闊，於是安身立命得更紮實，腳步跨得更沉穩，終而能將自己生命的光華散射出，成就璀璨的色彩。

從十六歲離開父母，隻身在異域裡浮沉翻滾了五年半，掙扎著挨過一日緊復一日的年歲，不斷地循環著：被擊倒，揩乾血淚站起來，再被擊倒，癱在地上再也不想爬起來。學業上永遠無法擺脫的挫敗，情感上一次緊接一次的撕裂傷害，價值系統的崩解虛無，生活意志力的逐漸萎縮，自我認同的錯亂謊實，生活上的孤絕空虛，從來沒得到徹底的解救，只是一次又一次把辛苦建立的一點根基推向輪迴。這樣的日子也已經把我推到二十歲了。試著站起來好幾次過，用各色各樣的方法，在每個階段結束時，但都維持不久就又被挫折打擊敗或被情欲拖垮，逃避、麻痺、墮落、自毀，努力走近死亡，忍受著過每一天隨波逐流，找不到一種可以長久安定過日子的方法。

二十歲快結束了，該知道怎麼活下去，什麼是重要的要緊緊抓在手上，什麼是不重要的得快快丟棄，也該知道如何看待自己、看待活著這件事、看待過去、看待未來、看待每個日子。累積了那麼多挫敗痛苦，再沒什麼能傷害得了我，我也終於學會愛護自己的觀念和領悟生存的方法——我得真的站立起來，撿回父母賜與我的優秀智力、堅強意志和過去的尊嚴和光榮。

這是我這一輩子第一次命令自己寫一篇所謂的「極短篇」，並且這個命令還企圖在結束完這篇、騎著我耕了一小塊田後掖緊我的背脊、驅著我繼續拖犁。由於這項工作它搶的是我日常寫日記的時間，日記時間的自我講話可是我賴以保活的法寶喲，但為了某種龐大的特別原因又非接受這「極短篇」的命令不可，所以折衷的辦法就是我還是可以在「極短篇」裡偶爾冒出來自我講話。這樣對於「命令」和「保活」兩方面都可以交差。

下一步如何

8 擺脫目前的處境

7 未來月為現在丈量

6 我所要的是什麼

5 備忘錄（何至焦頭爛額）

4 時間過渡至無聊

3 去哪裡找這份工作的意義

2 我的目標是什麼

1 我能否成功

二月十七日

在一家書店的一本書裡看到一小段話：「如果你非常非常愛什麼東西就讓它自由地去吧。如果它沒有回來就表示它不屬於你。如果它回來了就要永遠愛它。」

悲傷。人與人之間相愛而受苦而分離，中間傷害、衝突、怨恨、屈辱的過程很快會蒸散。但相愛而分離這種無奈的命運，卻刻下難以扼止的悲傷。愛的狂喜、分離的劇痛、思念的刻骨銘心很快都將過去，從我腦中清除乾淨，但悲傷卻如影隨形地跟在面向陽光的身後。同樣在楓村上春樹的刮鬍膏時滾出淚珠。悲傷沒有名字，它只是人性中愛和溫柔的自然產物。所有和我同台演出給予我真正生命的人們，我將釋下一切的怨先且心存感激，並永遠愛著他們而將關於他們的記憶小心珍藏在我的某個祕密心房中。

沮喪，無法凝聚意志力而使自己如自己所希望地行動，身體彷彿總隸屬於另一個沒有臉面的主人。它卻不受任何規範，具有絕對專制權。意志力無法使身體和思想朝向它所指出的方向。百般的努力終歸挫敗。

恐懼。所以恐懼未來，恐懼未知的傷害、羞辱、束縛和恐懼，這樣的意志力將不能帶領我衝出這一片困頓。生活將繼續慘淡精神將繼續淒苦，難道還得繼續在過去那種痛苦、無意義、沒有尊嚴的泥沼裡爬滾嗎？

二月十九日

從十三日回家休養到現在這段期間，我似乎得著這個機會訓練自己從欲望界退出，而讓現實的氣氛充塞我腦部，這是改換精神體質的重大工程。這項工作可能是拯救我的生存之路的關鍵，從國中積極奮鬥的我到大學這個頹廢癱瘓的我，這之間的巨大轉變在於「精神體質」這個東西的變質。國中的我全部的心神精力只知投入讀書的戰場，腦裡除了利用分數和其他表現以贏取父母的歡心和別人的尊敬外，似乎不曾出現別的欲念，腦裡也沒容納別的悲觀的感覺和認知，那時的我一直是個成功者，我執行我為自己擬定的任何計畫，不知道失敗是什麼滋味，完全能控制我自己的思想和意志。高中之後，一連串的挫敗，我根本沒有力挽狂瀾的條件，我開始學會逃避和痛苦，痛苦又腐蝕我的意志力，到了生活毫無立足點時我開始懷疑起十幾年來我所一向顯以為生的毅力和目的物，那是懷有生之痛苦的日子。然後又為我注入情感的折傷，炸開了原本簡單關於世界的抽象建構，我的內在被層層剝離使我了解到作為人的核心處境：孤獨，及體會到人與人間感情繫屬的力量和這種繫屬的命運：悲劇，從此開始在黑暗之中摸索，鑿開讓悲劇感傾入的洞穴。接著一踏及文學的石級，更是整個被拖進文字的世界，那裡使我的精神陷溺更無法自拔，我完全自痛苦的現實脫離逃至文字的精神世界寄居，於是全盤接收它對人生所架設起悲憤絕望虛無淒美的感覺體。進行對這種生命的大撤退、大反叛、大抗議，將所有的自己向內壓縮到能如堅石般地抵禦任何外在的侵害，但內在卻除了這股要向內壓縮自己的力量外無所依憑，生活的挫

敗，情感的折傷繼續著，抓不到任何朝向未來的動力和目
物，靜待被毀滅的日子。長期抗戰接著展開，關於自身身上
背負著受詛咒的惡質因子，在罪惡深淵裡與惡魔肉搏，這可
惡的生命，吃人的人世，那是懷著仇恨而活的日子，自我毀
滅地去愛，去與愛人分離，去出賣所有的一切，憎惡自己，
哭號而活。

不把心弄清了誰也沒法子

一月二十一日

今天選課時我看見她的死黨及新情人，但唯獨沒看見她。我
就開始猜測她是否發生什麼事了。會不會生病？還是休學？
然後又難以抑止地想念起她及我們之間的回憶。想起她如何
是我心頭的一塊肉。我是如何不顧生命地去愛她，而最後又
是如何傷害地分開。可能要被她唾棄一輩子。這一連串如點
爆火藥庫般的連鎖痛苦都必須很很地壓進現實的深底。為了
向前活且活出屬於我該活的樣子，悲哀是可以被抹殺的。

一月二十四日

實在很汗顏，就是沒辦法執行好關於功課的計畫，我與它的仇恨竟結得這麼深，做什麼事都不會這麼排斥沒毅力，只有這件事，始終做不好做不下，打心底裡覺得它浪費生命，上那些沒內涵教授的課，聽那些圖書館資料式的知識，翻查那些繁瑣冷僻的字辭，背記那些連篇累牘的枯燥知識，參加那些背誦比賽難耐的馬拉松考試，這些我已經忍受了這麼多年的內容，我的青春歲月竟都浪費在這些工作上，它唯一的目的竟只是換取文憑。但從高中到現在我也與它抗爭得太久了吧，我並沒獲得什麼實質的勝利，卻反而一點一滴因為這場抗爭輸去我自身的能力，失去我成為一個知識分子的資格，很快地我將被從知識分子的行列裡徹底除名，這卻是我實質的失敗，喪失換取知識分子資格的意志和天賦。要我做「換取文憑」以外的其他工作：創作、計畫讀書、學習技能、辦社團、工作賺錢，都沒那麼痛苦、軟弱，都能具有爆發性的意志力，但唯獨這件工作拖著我不斷遭受挫敗，過著無能法給予自己尊嚴肯定的生活，且在這件工作上的無能又妨礙我其他潛力的發揮和其他工程的計畫，因為在「換取文憑」的時限裡我的首要責任就是去應付這些「痛苦工作」，這些「痛苦工作」沒被有效率解決前，我的剩餘時間只會被沮喪和恐懼占滿，而無法大刀闊斧地發揮自己。

但我天性愛讀書，卻為什麼唯獨對那些科學的文字充滿抗拒與叛逆，正如張系國所說「科學的世界沒有真實感但卻有秩序」，想起《昨日之怒》裡幾個年輕知識分子各自成就的⋯

政治、哲學、傳播、企業，哪一個不是先通過「換取文憑」的煎熬，我能不讓自己恢復「換取文憑」的能力嗎？想起施平、葛日新、胡偉康這一群人的妥協，我在二十歲所做的價值妥協又算得了什麼？

「浪漫的悲劇年代」隨著我生命中最後一個女人的離去而宣告結束，長達五年的畸型愛情生涯也真的落幕了。經過這幾年對於虛幻愛情的追逐，我的內心所遭受的折磨觀傷已經夠多了，像是火車進入一個隧道，在黑暗洞穴裡撞得頭破血流。也由於這幾年的荒唐墮落使我有機會沉入生底的底蘊，為我藝術生命孕育母胎，了解到關於人的命運和生存的深沉本質，這五年都是重要的啟蒙階段，沒經歷這段掙扎的黑暗，我可能永遠不了解自己要成為什麼樣的人。但如今我獲得兩項工具能幫助我向未來前進──自由的價值觀和藝術的生命態度，我為自己的生存找到了立足點：在面對與命運、社會和人之間關係的任何選擇都要開闊不受任何價值結構的束縛而追求終極的自由，在無限的時間之流中看待自己的存在，人世的變化無常，人類的生存處境都回歸到最天真純稚的藝術心靈。

結束長達五年對愛情的渴望與追逐，重新定義愛情與生存的關係，轉換對於愛情的感覺次元空間，將愛透出生命意義的首席地位。這五年裡為愛所受的苦難如今回首起來是一場太不真實的噩夢，在我心底深鑿的愛的渴望落實到現實來追求

猶如唐吉訶德把風車當成敵人，海市蜃樓徒然加諸自己一段悲劇命運，只要那個渴望的洞不封鎖起來，悲劇的材料就會層出不窮，我就永難逃脫悲劇命運的剝削壓榨，像在黑暗中不斷被無形的敵人擊倒。雅斯培對悲劇的定義：「當主要欲念的覺知超過滿足它的潛能時，悲劇就會產生。」這五年想我所覺知到關於愛情的對象、內容、關係、境界，從一開始我就根本沒有能力滿足，在現實裡檢驗起來欠缺的條件太多，理想與現實之間差距太大，從一開始懷著這種覺知就注定定是悲劇。——所以這種覺知的天賦要掩藏起來，關於愛情的浪漫幻想要打破，深埋心底的愛之渴望要放棄，不如此永難逃離悲劇的輪迴。

從現在開始，除非我已能負責起照顧自己的生命，找到一種自己可以長久依憑的生活方式，獲得內在的大安定，否則絕口不談愛情。

二月二十六日

從事滿到現在的整整一個月，過著與台北的人事物隔絕而朝夕與家人相處的日子，使我產生兩種傾向的改變：（1）從欲望的現象界撤出。（2）填充大量現實的感覺。且發現這兩個策略是使我適合生存的必要手段，過去的生涯愈來愈背離適合生存，就是由於整個反其道而行，不是不了解這兩種傾向的效用，而是沒抓到切中要害的重點，更沒有扭轉乾坤的動力。整個腦裡被兩種極端的感覺團包圍：（1）與所愛人們隔絕而感傷著白的抽象精神化氛圍（2）被台北整個都市所營造出膨脹感官的物欲幻象氛圍，這兩極端感覺的撕扯，造成物欲愈龐大而精神愈萎縮的分裂狀態，只能用不斷占有物質的欲望來填滿孤絕精神的空虛。

人，是現實感覺的基礎。情欲是破壞這基礎的殺手，所以思考人與人之間的對待哲學（或溝通）是從欲火焚身和孤絕空虛兩極化困境殺出的必要手段。

二月二十七日

L：今晚我的心裝滿溫柔。雖然我知道你的名字對我而言只是一種幻象式的歸屬，不久後我就會完全排除它在我腦裡所遺留的意義。但你的名字卻是此刻我滿心漾著溫柔與感動的唯一渡洪口。這是我這一個月多努力壓制裁除你在我感性區域占領統治地位以來，第一次允許自己正式解除這項大禁忌。

我和家人的關係讓我的感性融化。你知道嗎，我這陣子對於「家」這個根的重新體認與思考，使我終於有勇氣邁出第一步向老姆坦露我內心世界的一小部分痛苦。雖然我心裡還埋藏著更污穢黑暗的大塊痛苦，但那是絕不能揭露的。能有這樣心靈接近的機會我已經很感動了，使我又能將家人們重新安頓在我心裡。正如我曾和阿舟談過的要先搬一些「壓艙石」，我想這幾個願意無條件愛我的人就是我的「壓艙石」。這樣坦露的意義，起碼能讓老姆了解到這個一直在旁邊看著她，扶持她的妹妹並不是個沒有血肉的冰冷機器。我只是不忍再將自己龐大的痛苦加諸家人身上罷了。如果讓她了解到我這一路的血淚能使她昇華自己的困頓，轉化一種角度看待自己的命運，未嘗不是一種好處。起碼溶解她的某種寂寞。我說過她是我在這個世界上唯一必須牽掛的人。

相較之下，我們的愛情確實不是什麼偉大的感情。我得很汗顏地這麼說。正如我對N所懺悔的「我太虛浮了」，我確實還沒什麼資格產生偉大的感情。我們的愛情是充滿條件的感情，禁不起一點點考驗，這令我自己非常痛苦，但又不完全

是我的罪過，我知道我已經為了扭轉情勢承受了我所能承受
的最大痛苦和折磨了。天曉得我是多麼了然一切絕決地要搶
救我們的愛情。關於它的價值我是看得有多透徹，但勢此
也，非人能也。它注定要在快成為無條件的感情之前宣告流
產。我這個階段生命因子的動盪飄浮是我的過失，但在這場
殺伐中我已超支我強旱個性所能遭權折的堅忍和所願受屈辱
的韌度了。如果天要罰我也該原諒我了，我豈是惡的根源。

我清晰地體會到：無論現實形勢如何交互牽動而造成那些令
我們難以回首的記憶，那都只是一時一地的相對現象，但我
們之間的本質是愛。無論這愛是否有好好地萌發出壯到堪稱
成熟的地步，也不管它是否將要被陵棄萎縮，這都只有收攝
到我的宿命觀：「即隨時準備承擔任何悲劇」之中，再說一
次，都只是現象，但我必須流著淚說它的本質是愛。

（如果你非常愛些什麼，那麼讓它自由地去吧：如果它一直
沒有回來，就表示它不屬於你：如果它終於回來了，就要永
遠愛它。）你大錯特錯了，你以為我是輕而易舉就兩度捨下
你的嗎？你以為我只是要路過而不想扎根的嗎，我如何能道
出這兩度的淒涼，每次有每次的絕望，難道是我特別軟弱而
容易絕望。我絕對不是的，我只是比一般人更習慣分離，更
敢於招取毀滅，更對命運的真正本質體會得棄透骨。「捨得
下你」不是情薄無義，更不是軟弱盲行。（傷心和毀滅你選
擇什麼）我不願永遠傷心下去啊，你知道嗎？守在你身
邊，貌合神離或彼此折磨，我們又能得到什麼，我要的是靈
的愛情，那樣你對我又有何意義。再待下去才是懦弱盲目，

只是徒然傷心罷了。挫折和屈辱你是無法為我抹平的，你是帶給我傷心，一直令我傷心，那樣下去還會繼續傷我的心下去，因為你不能了解我啊。

你最後說「希望你聰明到不用我解釋就能明瞭一切」，我總是把所愛的人當成自己來對待，也渴望能有那麼個人能讓我如待自己般對待，同他說我對自己說的語言，就如同任在我心裡般，他能以相同的溫柔了解我，正如同你所說這句話的境界一樣。但我們都曾名符其實地當對方心中那個人，也都曾彼此期待對方就是永遠要找的那個人，但卻差那麼一點而前功盡棄，形勢和條件相配合的時間已經過了，以後不但要明顯地暴露出那種「愛對方如自己」感覺的擱淺，更是愈來要分歧到明瞭那種慾望只是歷史陳跡罷了。我唯有將所有關於人生命運的了解體會傾注於我的創作，只有它是我的淺洪口，之外的唯有沉默和溫柔了。

還完對你的債後，已是殘破不堪了，但「活下去」是我得持續的命題，它超乎你所給予我的悲劇之上。收拾起這場戰爭的滿地殘骸，該是我得想想如何對自己負責的時候了，我得告別你，我們的愛情和悲壯的浪漫年代，去為這世界上唯一需要我負責到底的我的生命保持清醒，我的愛人，我得去延展我的生命，無論這條生命過去承載了些什麼，「延展它」是我的無上使命，甚至不惜付出忘掉你、肯叛我們的愛情、織封浪漫的紀元這諸般代價。請原諒我關於你的一切我將軀愛的遺憾哭號一個夠，我明瞭我將逐漸沉穩成熟，然而你不透任它隨風飄散，最後一次盡情地為差一點我們就能永遠相再會是

我所要找尋的人，一切都將成為年輕的薔薇色歷史疤痕，偶爾的想念將溶化它「愛的本質」而痛快地泛濫，我累了，再見。

三月三日

我到底要不要去報名華視的攝影訓練班。攝影是我繼辯論、輔導、編劇、電影之後產生的興趣對象。因為我的長遠計畫是到法國主修電影副修哲學，然後在法國買一幢白色小屋，一輛旅行車，帶著自己的一隻筆、一架攝影機在歐非大陸到處旅行做個獨立藝術創作者。為了這一番計畫我從接觸編劇切入，而學電影、戲劇，然後想擴至攝影、美術、音樂、表演，最後跳到電影這個大缸裡。對於攝影技術的學習和參與可能是決定電影是否值得我投資十年去追逐的目標，因為攝影之於電影正如筆之於文學一樣，它就是創作的工具和素材。如果攝影能猛猛抓住我的興趣，電影就能大部分掌握住這種狂熱度。

但我現階段的生活計畫是以培養意志為首要目標。生活的安定性、創作的計畫生產、讀書的意志訓練這是我急須具備的生存條件，也是我以後不管要如何繁茂自己的生命，沒有這三種能力作為我的根本基礎是如何也不能開展的。生命的導廣除去後，生命的結構已選定，就剩將此結構用鋼筋搭建起來。

三月十一日

我忘不了她。我發現她只是被我的痛苦壓縮在精神的核心，我的精神這陣子以來被強大求生存的意志壓縮成含粒子般不占空間，而她就藏在含粒子裡。一旦我精神放鬆對精神的壓縮力，她就像吸水的海綿般迅速膨脹，占滿我彈開的精神空間全部。我必須承認我的意識是被保存在關於她的想像和記憶之海裡。我在有她的汪洋海裡泅泳而得到安全和滋潤。她是我的欲望唯一指向和投射的幻想對象。我一再警告自己我在精神上擁抱的是一個「假想屬於我」的她，但最後我總分不清楚假想的她和真實的她，使我也分不清楚我愛的是假想的她還是真實的她。哪一個才是我繼續讓她駐留在我腦裡的原因。

基於現實法則和我的生存哲學，我應該讓她從我的精神裡徹底蒸發掉，也許本質上她仍愛著我，但這種浪漫式的愛在現實裡是沒有任何意義的。衡諸各種條件我們兩個是不適合共處於現實裡的。若讓她繼續存在則等於是讓我無法滿足的欲望覺知繼續存在，悲劇意識也就繼續存在。我知道我遲早會將她徹底剷除。她不值得我再把自己奉獻給她。我該給她的已全給了。她不值得我再這麼對待她。大一時也許值得，但她已經不是當初那個她了。但她畢竟是我曾受了多大的痛苦悖逆現實，悖逆天理去擁抱，去爭取的人，付出了那麼多血淚作代價的轟轟烈烈一場，仍然只是庸俗的結局。我說這一切都只是現象，本質是愛，但本質也將存在未來的時間裡磨滅，化為現象的一部分。

她是我的寶貝，住在我的靈魂裡最深，也是我所擁有較接近真實的愛情，雖然這些感覺很快就要成為過眼雲煙，但我如今不准別人代替她。沒人能接近她所占領的那塊區域，我不知道把她趕走空下那塊區域，對我是否較好？

三月十五日

還剩一個多月就二十一歲了，既是整整活滿二十一年，也是最後告別二十歲，進入標定的二十一歲。要跨進二十一歲了，浪漫的浪遊時代已結束，得開始扛起鋤頭下田耕作了，我得站起來對自己負責，做個自立的成人，我已到了必須能獨自去漫遊世界的年齡了。

這六年的放逐、荒廢閒蕩，使我累積了太多寶貴非物質的財產：第一件是關於生命複雜陰暗面的深刻體悟和豐富經驗，這幾乎構成了我這六年的全部精神內容。這段精神放逐史算是我關於生命的自我救育，讓我把美麗的靈魂養出來，也讓我嚐諸般世間物相後看清了什麼是我能要什麼是我不能要，畫出我的生命範圍，標定我的立足點。第二件是我從這些現實遭遇中向精神之流逆游掙扎，所提煉出的生存知識和累積的精神能量，從我自身及生活裡挖掘的生存資源，痛苦的忍受力及解釋生命的精神系統，這些都是我未來的生存工具和勇氣。第三件則是我那強烈愛人的心靈經驗和記憶，各色的愛、蒼白式的初戀、混清的友愛、荒謬的被愛、狂亂失控的單戀、激烈毀滅的互愛，最初漫長的維持時代，最最天真、摯著、相信永恆、超越精神所受的淒苦。最後終於獲得熱烈的理想愛情，又是漫長的浪漫時代，像追逐海市蜃樓般追逐一場既定的悲劇，為愛不惜犧牲一切到自我毀滅，在狂烈的激情中也墮入萬劫不復的地獄，於地獄中遭受曲折的煎熬，然後再衝破牢籠降落在現實平面上，但是我畢竟得到了一個最美的愛人和最美的相愛。

馬塞爾說「愛一個人就是對他說你永遠不死」，愛過一個人
後到底應該將他徹底忘掉或永遠在心裡愛著他。我曾在維持
時代信奉馬塞爾這句話，但神像破滅後，我因這句話而痛
苦，因為它只是一種童稚的幻想。我轉而信奉必須徹底忘
掉，努力向前走尋找綠洲。我仍不了解堅持永遠愛一個人是
幼稚愚蠢還是愛情的終極境界。愛一個人的強度和維持的時
間，一方面視彼此相愛期間所形成的條件和所累積的基礎，
另一方面則視人對整個愛情過程和所愛人的主觀詮釋和認
定，彼此各占一半。而對愛情過程和愛人的詮釋認定又隨著
人對愛情和愛人的新體認新需求改變，以及被所處現實裡的
感情心理環境而決定。但客觀累積的愛情基礎是比較不能改
變的部分，所以若要愛一個人愛久一些就必須從主觀詮釋和
認定下手。

如果我要將她保存在我愛的核心久一些，我得用功整理我們
共同累積的記憶和感覺，然後客觀不膨脹地保存它們，以珍
惜財產的心情愛護它們。接著我得用現象學般的還原法將這
段感情過程的轉折本質還原出來，像馬塞爾般進入具體經驗
裡挖掘深刻的反省，脫落所有發生事件的現象面，重新以最
純真的心靈去體會她的心靈，還原出她在心目中的面目，並
建構起我們之間關係發展的真實骨架，設立關鍵的動力解釋
系統。最後我必須凍結我對愛情和愛人的解釋需求及想像，
讓它停留在我對我倆這個系統裡的想像空間，且努力使最後
完成的解釋系統塞進這個想像空間裡，封殺所有超出我倆能

實現範圍的想像。總之，結論必須是：她是個最值得我愛的人，我們的愛情是我所能獲得最大滿足的愛情。

我想這兩個答案客觀地評估不會百分之百成立，我的大前提是傾向於讓自己生存得好，但我會以最低痛苦的祕密方式珍愛我倆的愛情財產，詮釋的工作則會繼續在不干擾現實的程度內寬厚且忠實地進行著，凍結想像如今無論繼續愛她與否都是必要的努力手段。所以眼前控制情欲和定位她對我的堅固意義是我的兩大方向，之後她在我心裡所剩愛的感覺能繼續多久，都是宿命了，我只能先準備好溫柔與眼淚。

（你說我們精神戀愛一百分，也許終究我們連精神戀愛也要完全消滅，但在那之前，我得比愛別人多愛你久一些，因為我們是一百分的。）你知道嗎我只能如此。

三月二十日

今天聽到李國修說他把台灣要有一個職業劇團當成是他自己的責任，又聽到趙寧說人能為了理想、夢把性愛昇華。我想我必須做個抉擇了，我得把我自己奉獻給一個夢、一個理想，我得用全部家當賭一件事，對，就是一件事。我得拋棄家庭、情愛、物質、社會價值，去追求我所謂的藝術生命。這種藝術生命的想像就是我的夢，什麼是藝術生命呢？就是不惜擺脫一切束縛自由地去遊歷這個世界，去體驗這個人生，去參與人類社會，然後用藝術的感覺去觀照，凝聚藝術的元素去收攝，以藝術的形式再表現，藝術的基本元素是生命、自由和創造。也許在這個藝術生命過程中我要經歷各種身分的定位：心理治療師、記者、小說家、電影導演、教授、雜誌主編、社會運動家，但是儘管這些角色的自我認定和生命基調是相同的，不論我的生命處於哪一刻的橫切面，我的外在身分只關係了我的行動環境和成就對象，但我的內在質地都是以藝術家自許，以藝術生命自責的。

要去追求這樣的藝術生命之前必須先準備好幾件事：

（1）棄下一切束縛：包括家庭、情愛、物質、社會價值。

（2）自己負責自己的獨立性：包括生活能力、經濟、人格結構。

（3）隨時要輸得一無所有和遭達悲劇的心理準備和痛苦忍受力。

（4）發動自己身上每一分智力、才能、毅力、時間的能量與意志。

（5）建立可以一個人去實現這份藝術生命藍圖的補給系統：志業、工作、人際關係、休閒、經濟。

（6）愛生命、人、生活的熱情。

我得有一片超越界可以提昇我自己，讓我每天都能努力往上攀爬，但我的超越界是什麼呢？這個超越界可以提供一份強大的力量支持我免於墮入物欲、情欲的地獄，光靠痛苦的記憶是無法杜絕這兩者的，而這兩個月車禍的日子使我深深體會到這兩者是我不幸的根源，我必得嚴厲對付它們。

三月二十一日

藝術家個個是悲劇的先驅，一生裡承受巨大的悲劇而將它化為美。這種悲劇就被賦予很逼近真實的意義。只要一想到毛姆說他一生都像住在另一個地方看著自己在海市蜃樓裡的一切，最缺乏的就是真實感；還有三島他的一生像是利用他的生命與天才這張大畫布盡情地嘲弄它所被賦予的生命和世界，死後他母親卻說該為他配紅玫瑰。因為他一生都在渴望死亡；田納西一生在欲望和瘋狂裡掙扎，最後竟說他總是依賴陌生人的慈悲。想及他們，心裡就很酸。人生是槍聲一響每個人就要用各自的工具和方式拚命向前游，再苦再黑，總要咬緊牙關游過去，至於在裡面是什麼感覺，一切都要過去的。人真的只是寄旅的過客。

L，你就是我現在所站的現實界，這種現實界是會在瞬間轉換的，它被我的精神經驗所決定和改變。我對這種瞬間轉換既期待又痛惡，它可以帶我離開這種被拋坐在路旁的苦，但這種轉換卻又使我預期到一種至深的寂寞。我害怕這種寂寞。是的，外在的聚散離合不是我所能控制的，所以外在是絕不可能有恆定。但如果我們連我們的內心要維持在什麼樣的感覺、氣氛，要由什麼構成內心世界都不能決定，也只能任憑外在的變動來改造牽動，那實在太悲哀了。人連一點自主權都都沒有，如果連「內在的永恆」都不可獲得，那麼我們到底還要相信什麼而活下去，難道就是相信一種如何能敏銳地覺察「變」的必然方向，然後快速適應「變」的技術？

從現在去看三年或五年後你和我們的愛情之於我的意義，就叫我難過和毛骨悚然，想到現在對過去種種記憶的感動哀痛和摯愛，想到你無時不刻浮現在我腦海裡的眼神、身姿、聲音和你說過的話，想到我有多渴望又多恐懼真見到你時的雷劈電擊，想到我因為想到你現在和未來離我愈來愈遠且屬於於別人的情景，嫉妒心是如何啃噬著我，想到我是如何天真浪漫地編織著未來有一天我們重見及你重回我懷抱的幻想。啊，這些就是我精神裡最真實的東西，就是它們構成了我的現實界面，而我對它們的感情幾乎就是啟動整個世界的精魂。但不久後這個「世界」的核心和面貌就要整個轉動了，屬於現在這個界面裡的精神財產都要像龐貝城般整個被埋到心的地底了，正如從前履試不爽的輪迴一樣。難道這些都只是機械化的變化罷了，其實都只是相同的現象，你和別人沒什麼不同，現在的愛情和過去的愛情沒什麼不同？

我不要在我心裡失去你，我不要你在我心裡死亡，你不愛我了固然痛苦，但如果是我不愛你了，那對我而言才是我無法想像的損失。雖然根據過去經驗，那或許之後是解脫和更大向前的自由，但我眷戀你為我留下的這一大批精神財產正如眷戀活著本身那般。說實在的，我難以想像我這樣的人，心裡不熱烈地愛著什麼，是不是會安全地活著，那股心裡如熔漿般的熱情會不會到處流竄把我自己燒毀？但「我心裡的你」剛好就像個寶塔般把我的熱情收攝起來，一滴都不外洩，也像層硬膜般包裹著熱情，讓它安全地被保存在我體到

內，使這股熱愛能和諧地在我體內流動供作滋潤。其實我不是和你一樣嗎，我和你一樣害怕在心裡失去對方，這是你也是是我導致我們分離的原因，到底是實際的你還是心裡的你重要？說來荒謬。

你還是走吧，即使是心裡的你也大大地妨礙我向前生活。

三月二十四日

夏天又到了，這個像極了大一的夏天。氣候、景致、氣味、空間都和大一的夏天沒什麼兩樣。大一的一幕幕又重新在我腦海裡放映，像是又重新和你談一次那段戀愛一般。這種經驗正如以前你所說的：「隨著我愈走愈遠，代替去尋回過去的我，你又在心中假想了一個新的我，一個可以隨你心意的我，自己竟像一個正在戀愛中的女人。」日子雖然平靜恬淡，我也以在薰風中漫步的心情在這個令人眷戀的台大校園裡一點一點數你所留與我的風情記憶。我想我總算停下我手邊的所有遊戲，安定而全心全意地與你在一起了，這是一種莫大的享受，卻深深地寂寞且泫然欲泣。這世界是這麼可怕，我們雙手相抵，緊緊相擁，仍無法擋住那股硬生生要將我們拆散的力量。我在世界的此端呼喚你，你在世界的彼端呼喚我，這聲音卻只能在夢底相會，我們所製造出的億萬回憶在這個可怕的世界面前像是兩個頑童所玩的遊戲，荒謬而脆弱，但這是不公平的。我明白我沒辦法抵擋這拆散的力量，我只能在心裡默默流淚，我已長大到非常明白世間的法則和生存道理了，我只能馴服且盡力保全我僅剩的尊嚴。當命運又以它一貫的顢頇擊垮我時，我再次失去了你。

六月份就快要來到了，我專注地等待著你撤離這校園，兩次我都沒辦法把你從火堆裡搶救出來，最後只好放一把火把全部的全部都燒光。這世界怎麼會是這樣，怎麼會是這樣，一點都不是我所要的。我坐在雙層巴士的頂層最前座，望著前方巨大的玻璃窗，週圍一片漆黑嘈雜，我閉著嘴在胸腔內哀嚎，我聽到自己如野獸般的嗚咽聲。

（1）在心裡將過去記憶中最好的材料抽出凝聚成她最醇的心像，引起痛苦和傷害的記憶就洗掉，這些精粕是不智和錯誤造成的，保存這些是人性中的醜陋。兩個曾相愛過的人應以最美和善的方式彼此記憶。而這個凝聚後精神裡的她，是僅屬於我的無干乎現實，這是我所偷偷儲存朝向未來的精神力量。

（2）未來的我和所要擁有的際遇不應介入現在的我和際遇的評判中，即使現在的我回頭看五年前的我，雖已人事全非，心境大變，過去的人、境和現在了無關連，但我仍不會嘲笑當時的我，而過去的我也沒怨尤過如今這種記憶逸散。人都是活在當下的心理環境裡的，每一刻只要真誠地去活也就夠了，所以要全心全意愛心裡現在所愛的人，不需為未來留餘裕。

（3）要把現實和精神徹底分開。精神上我有權建立那些超越現實的天真信仰，我是唯心的超越界信仰者，這裡才是我的生存基礎我可以養最真最善最美的花朵。但精神裡的東西不能妨礙現實的運作。現實的運作要根據我在現實裡的經驗所學習的現實法則進行，我必須有能力隔開感性、客觀地評估現實執行現實法則。

（4）既然我是如此地愛她，我不應該對於她未來愈脫離我的現實際遇心存嫉妒，我不是能在現實裡帶給她幸福的人，所以我應該祝福並期待她在現實裡找到幸福。我發誓要永遠溫柔地疼惜她，無論是對精神裡的她或現實裡的她，要分別用精神和現實法則來愛這兩個

她，絕不受時間的阻撓。

（5）未來的我是要去取經，我在心裡所為自己企畫的藍圖，一袋一袋地把它們取進來的使命是屬於我的現實法則。我還要成為一個對自己、人們、世界、命運無限溫柔的人。

- - - - - - - - - - - - - - - - - - - -

我們都是行在未轉的路之中尋

三月二十七日

瀬戶內晴美這個奇女子，竟然主張一生多愛論，順著人善變，愛情並非永恆這樣的基點，推展「不斷地換燭以維繼熱情」這樣的觀念。但其實我倒覺得她是個經歷豐富的人生愛恨悲喜後對人生頗開悟的實際主義者，這樣對愛抱享樂態度的樂觀背後若不是隱藏巨量的悲劇因子，就是以強大的痛苦爆破對悲劇的恐懼陷溺而突出更廣闊的「行所無是」的空間。一個天性熱情豐沛永遠無法斬斷這條生命命脈，而總要糾纏於欲望世界的人，若要懷著這樣的熱情生存得好下去，只能去由麻木、習慣而視為必然地對待愛種的悲劇，然後在此「必然」基礎之上去開拓更廣的人生空間，最後甚至將悲劇知覺轉為喜劇。我也漸漸地有了這種傾向。但真要達到她那麼自由地享樂與實際則還有很遠的距離和很多關障礙，一是我對於愛情裡精神的永恆與唯一仍然有強烈的浪漫情懷，一是我擔心自己會隨年紀漸長而漸漸增強對於安定的渴望和對心靈歸屬的憧憬，甚至害怕要孤寂以終。

在這幾年的愛情經驗裡我確實學到不少，首先是看破許多導致我痛苦的「原型觀念」。如今我已可包容「人間沒有神像也沒有殿堂」，這世上沒有永恆愛情的神話，也可以原諒自己和別人善變背叛的軟弱，人根本就是這樣的，除了自然天真裡流出的悲傷外沒有任何怨憤。所以我如今對待整個愛情過程的認識是：投進愛情之前要謹慎評估自己的熱情，對方的潛能和自己是否有足夠本錢，在愛情中就是用「我倆沒有明天」的自覺去愛，傾家蕩產總要燃燒至灰燼，立誓要以無

限的容忍與溫柔去待對方，無論如何寧可退下而不施加惡意
的刀斧，或將愛消磨到只剩空洞的形式，一切都為了以後能
讓這愛情能在記憶裡貯存下最大的精神財富為止，但更重要
的是體味，掌握「在愛」的當下每一刻。分離必是無奈不得
已，因當愛一個人時必得是用「永恆」、「唯一」的渴望與
熱情去愛，而分離是一種現實的遊戲規則，像是賭博一般，
當賠本的情況將永遠持續下去時就得結束賭局。「分離」也
必定是為了讓這愛情獲得最大的愛情財產，而分離後絕不要
有任何怨尤，而在心中寬大地為對方祝福，期望他未來遇到
比自己更好的人，永遠保存那份對他的溫柔。

我想有關「繼續我的熱情」有個關鍵問題：即「愛的永恆
感」。最近我總為（到底要像傻瓜般固守著心裡的一個人而
自欺欺人，或是像最聰明的人般根據現實的利益計算原則
徹底忘掉過去的愛人而擺脫過去陰影快速去追求新幸福）衝
突著，後者符合我要「活得好」的最高價值，但總覺得前
者才比較「像人」，且才感覺得到我的藝術熱情。瀨戶內晴
美的一段話頗能啟示我：「這並不表示在他死後我根本不再
愛他以外的男人，當我又有新情人時，我立刻跑到他的墓前
對他說：你看這個人還不錯吧，我希望你也會喜歡他。」對
於「永恆」的新詮釋或許可以這樣──與愛分離後，我會以
赤子之心讓他以最美的面目活在我心中，且我仍然以最天真
的感情與他在精神裡像兩個精靈般相愛，而這樣心靈永恆的
愛情是一種需加諸「努力」保存的精神遺產，不是天生就該

「永恆」的，若真的隨歲月而被漸漸侵蝕也是無奈的自然形勢。而在對某人的熱情被另一個人取代或掩蓋時，我也該學習瀟灑到我心裡的填上去溫柔地說聲「希望你喜歡他」，讓眾多「永恆」並存，熱情也許只能有一個傾注方向，但意義可以填補熱情的空位，最後我是以意義永恆地愛著一個人，而生活的熱情總要繼續維持到我死。

另外順帶學到是：不迷信愛情裡婚姻形式，要時間長久，要現實相處，要條件符合完美幻想的戀人，勉強維持勝於短暫分手，性愛勝於精神戀愛，與人結合才能免於孤獨而死，這些都是迷妄。甩掉這些觀念的包袱才能在精神和現實兩種不同時空裡自由地揮灑熱情。

生活的熱情，生活的熱情又安靜地熄滅下來了，我得不斷地加添材火，不能讓它熄滅太久，我擔心很快又會引來我最熟悉的黑暗。這個三月是我的新生活第一章，由於上學期愛情大的失敗和寒假的車禍事件，使我產生很大的覺悟，並且有很大的精神動力要去翻轉我的生活。我得找個機會把這些覺悟和精神動力的整套過程記錄下來，這是我的重要精神歷史也是我未來生存下去所倚賴的精神財產。馬塞爾說要進入存在的具體經驗去挖掘深刻反省，這才是探索存在奧祕的方法，這些就是我存在的具體經驗，是屬於我獨一無二的存在奧祕，像是專屬於我的油井，也是創作的泉源。

這一個月裡我確實活得頗有成就：我擺脫了悲苦孤寂的人生意識，白天夜晚兩極感覺的情況已調和，由厭惡活著一百八十度轉變成喜樂地活著，由注定孤獨的強烈自覺變得能覺得我是和很多人活在一起的，這是整個感覺空間的大革命。生活上則變得能有意志力去上一星期的課，讀原文磚塊和早上起床寫小說，會搭公車上下學，按時吃三餐，有效率地辦瑣事，整個對生活的意義感從虛無慌亂的情緒系統落實到現實系統，產生對生活的真實感，與願意重視眼前現實人事物的動力。這些對我都是珍貴且令我感動的救贖，若沒有這種奇蹟似的轉醒，我可能仍會繼續在泥沼裡掙扎。

但生活的熱情要被撲滅了，在精神方面：L與我之間愛情的回憶與幻想大大地阻礙我用理性過生活，我總拿捏不好要如

何控制這批感性的材料，完全壓制它心裡總是不忍目睹情核
心地帶的空虛使我不安於它可能的躁動，而也不可能完全壓
制，因為觸景生情任何時候他都可能跑出來；完全任她自由
進出則經常泛濫成災，使我很容易又脫離現實潛進回憶和幻
想之中，我必須花許多時間和心情去安撫和宣洩，這使我的
現實工作停滯不前。另一原因則是我這種現實生活的方式使
我的感性空間太小，做完一天份規定的工作後就只剩寂寥和
疲累，回家後只想倒頭大睡，什麼檢查生活秩序，精神反省
和補充精神食糧的工作全丟在一邊不顧，幾天後這種寂寥和
倦怠感會加重然後會以突然任性的方式橫倒在時間前方阻斷
工作的推進，然後我一放棄想從工作崗位逃開的抵抗後，一
切計畫就如骨牌般被推倒，我的時間感就也任性地癱瘓了，
反省的指揮中心更是呼叫不靈。這樣根據現實法則的生活使
我覺得自己很乾枯，像機械人不像我，我完全產生不出藝術
的熱情和想像，好像自己的創作天賦和熱情就要被閹割了
般，這樣的枯澀感使我大大地不安，覺得感性要窒息，於是
就會突然產生反動的力量，放下手邊的工作不顧一切去尋求
感性的食糧，或睡覺幻想或閒逛冥想或寫日記或胡亂讀書
置理性所設計的感性區域於不顧，貪婪聆聽，直到自己覺得
又比較像自己才罷。

幻想又占據我生活的重要地位了，我難以控制地花大量的時間在幻想上，彷彿那是我的真實生活，且真正重要的我才在那裡似的。明明分得清什麼是幻想、什麼是現實，但卻無法不叫幻想不侵占到現實的空間。一旦掉入幻想中就不能自拔，那裡既是我的精神世界也是欲望世界。在那裡面人性中渴望愛和美的深切呼喚會獲得滿足。我很難想像完全割除我的幻想能力後，我會變成怎樣一個人，是和現在的我之為我完全不同的人。

如果我不在心裡愛著一個人，光是自戀和任意布散到我所到的每一角落，這樣的愛足夠燃燒我去生活和創作嗎？愛一個人和愛一個外在目標所燃燒出的熱情是不同的。愛一個人所得到的是彼此交流的愛，不只是單單付出熱情，且人是活生生的一個想像，在我心裡存在著這麼一個想像，我可以隨時同他說話，我可以用我喜歡的方式熱烈地愛他，他可以達到我無所阻礙地了解我、愛我的想像，還有過去彼此相愛歷史中所能提供的實際感動材料，這些材料幾乎就是構成現在我的全部質地，所以在心裡愛一個人幾乎滿足了我所有的心理需求，在現實表象底下我的心理活動全靠著這心裡的愛來填充，沒有這些心理活動滿足我的心理需求，恐怕我的生命只剩下機械化的作息和毫無意義的倦怠。

活著確實需要相當大的熱情，且這熱情愈大愈好，我愛愛人、愛家人、愛朋友、愛創作、愛讀書、愛了解人、愛經歷

世事，愛遊歷世界，愛藝術，愛學習，愛工作，這總體的熱情不能被心裡愛一個人這件事分割太多，即使是愛一個人這部分的熱情也是未來還會再遇更熱烈的愛情機會的，眼前雖然過著熱情較乾枯的生活，卻是為著進行熱情再分配的工作，讓我的熱情能引注到幫助我生活得好的地方，使我有資格再迎接另一次熱情的高潮，所以要忍耐和自制。

四月五日

L：我又開始寫另外一個小說，是和你有關的陰冷的小說，那是從我心裡一抹恐怖又哀傷的心像生出來的創作欲。要把它浸泡在我的小說知識裡，畫成一幅完整的魔鬼圖畫。像太宰治畫的那些悲哀至極的春宮畫一樣。我竟然也能產生畫春宮畫的勇氣。但我寫了不到一千字，就很痛苦、懷疑自己已沒任何才氣的恐懼使我很想哭泣。如果我這一輩子沒辦法寫小說，沒有能力用文字來編織我的精神，展現我奔騰的內在，那不是猶如叫我過著瘖啞的生活嗎。那我要怎麼過這一輩子，我怎麼甘心？一切的一切：苦難、罪惡、愚蠢、流浪的生活，紅字的命運，我都叫自己在心底擺平了。我準備好了要平靜地接受我所分配到的一切。我已經發誓要用最大的力量安撫我的精神，叫它「滿足於此生的有與無」。但前提是要賜給我文字的天賦啊。它得陪我走這一生我才肯。我天生渴望著愛人，把自己拿出來與人分享，我確信這就是關於我的奧祕的謎底之一。但不能阻斷我在世俗裡愛你的通道，又不讓我發出精神的訊息向這個世界展示我的存在，那我心底無限生出關於精神的訊息密封在我體內會使我爆炸。天啊，怎能陷我於如斯寂寞中。我的全部生命都準備好了要奉獻給「精神」時，卻當道攔下將我拋棄於奉獻之門外，要我存著何用？這麼多年了，唯有找到「我就是要奉獻我的精神給人類。」這件事讓我心平氣和地活下來了。如果剝奪了我的工具，除了寂寞外還有無用感，我豈能只為數目自己的呼吸活下來且活很久？還給我寫小說的能力好嗎。

想聽會哭的歌。太快樂太平靜不像人。感動和悲傷竟是那麼美的財富。而我們曾共享那麼多。深深地體會到活著永遠在

做儒弱的交易。為了活得容易我是愈來愈沒勇氣去愛的，

「我們都害怕太過激烈、太過真切的愛情，不是嗎」。關於

我們之間，結論彷彿就是這樣。尤其是我，我真是過怕了那

種被痛苦支配一切的日子。尊嚴完全被洪流般的情緒淹沒，

但愛你就得進去那裡面。我們根本就頑固地相信這種太過真

切的愛情，不是嗎。雖然我們用不同的方式背叛它、逃離它

它的咒箍，但我們沒辦法抹去心底對它的信仰，直到我們忘了

它的歷史。它還會以一種童稚殘夢的方式緊附在我們精神的

神祕區的。「世界不必因為它曾在我們面前轉動而存在，

關於什麼是真實也不必因為我們是否有能力相信它而被我們

相信」，我的儒弱就在於我沒有能力相信什麼是真實，我的

腦裡充滿的只有不真實的材料，我的全部能力竟是用於免於

界不真實的懲罰。當我悟通「一切痛苦只因我要我的天真在世

界實現」，我是付出多大的代價才了解這件事，然後我明白

要免於痛苦就得釋下天真（那與生俱來向世界祈求美善的靈

魂），我不可能帶著天真的祈求進入世俗的愛裡，那裡面要

生出的魂惡摧折我的天真，那是無窮痛苦的根源，除非腦裡

對愛的天真連根拔除，否則斷不了無窮痛苦，然而對你我全

因天真而愛，世俗是不叫我愛你的，我無法放棄天真的祈求

進入世俗裡而愛你，這一點我們是很像的，但之後我終於學

會將天真封固在我腦裡，空空洞洞地走進世俗，用世俗的規

法期待世俗的實現，我既不想觸怒世俗也要好好保存我的天

真。我的儒弱就在於我還想保有我的天真——所以其實我是

慶幸我能逃離要用醜陋鄙俗的自己去向你爭取天真愛情的實

現這場注定失敗的戰役。

四月六日

L：現在對生活的感覺很像伍迪艾倫的電影，覺得一切都像悲喜劇，悲極了後回到原點又是喜劇，循環不已。老姊就這麼和我同住在一個房間，從小到大竟然也已經二十年了。她是我所定義的在這世界上我唯一必須牽掛的人，藉著參與她的悲悲喜喜我也照顧了她好幾年了。從高中時印象深刻到送著面露憂怖的她上火車後自己忍不住掉淚，之間好幾次親見她在痛苦裡掙扎，幾度將她從崩潰邊緣拉回。到現在她擁有頗多的幸福，卻仍然上演小小的悲喜劇，但我卻已感覺到這個「照顧」擔子的情分有多沉重了。沒錯，就是情分，人跟人之間真的是有沉厚得尊嚴的情的。我已經感覺到我擁有了，謝謝老天。老姊之於我就是有要去照顧她一輩子的情分。那是綿綿流長的。但是對於你，我們的情是這麼澎湃激烈，卻如此短暫，相較之下它顯得多麼輕薄，且注定要被遺忘所各沒。我多麼希望你也只是我的姊姊，我只要能在你困頓艱難時在旁邊讓你知道「起碼有我在」就夠了，這樣小小的希望在我們之間竟是奢求。而你卻是我在這世界上最疼愛的人，這世界畢竟太荒謬了。

我現在想著等我的火車開得離你夠遠，而我的心對於人與人間的感情也夠嚴肅了，我是不是能回來和你並坐在夕陽下如老友般地一起點數我們那一疊既甜美又痛苦的回憶，回顧我們是從如何的天真在裡面共同成長的。唉，想到「共同成長」這四個字就滿心酸楚，我是如何很心任由你一個人在我所留予的悲劇裡孤獨長大，長大到完全不認識我，這個你朝思暮盼的初戀情人。唉，這世界畢竟太荒謬了。

四月八日

一口氣讀完葉蓁蓁的《都市的雲》，感動得好想哭，這實在這麼哀傷的作品，又很久沒看過了。上一次是村上春樹的《挪威的森林》吧。或許連太宰治的《斜陽》和《人間失格》也可以算是中間的另一次實在哀傷吧。感謝這世上有這些實在哀傷的作品，讓我活著感動。我的東西相較之下就嫌浮造作多了，但我會再努力生活、愛、讀書、想和寫，直到寫出這麼實在和哀傷的作品感動我自己為止。還有Dan Fogelberg的〈Leader of the Band〉感動我現在的心境，感謝。

「無論如何，我們總是還長大得不夠」雖然已經是極盡「拔逆鱗」的方式長大了，就那麼隨隨便便地任不小心的長大在身上鑽下深深淺淺的洞，但那些洞就好像又會被放大的歲月攤淺了，所以總是長大得不夠。關於自己如何在自己裡面存活、關於如何背得起命運的甲殼、關於如何更嚴肅地看待自己、人與人的關係，正如蘇偉貞說的「教會我們自己的永遠是自己」，每一次裁傷總要在那裡面掘出些什麼才能放它過去，即使是「只要放它過去」這麼簡單的東西，但是總還不夠，下次呢，得怎麼對付，怎麼還是被裁傷了，怎麼還是跌垮，多久才爬得起來，不管用什麼速度向前走，但每次就是這樣。「爬起來」、「向前走」，貫徹一生不變的指令，不管這樣。

在《都市的雲》的感動裡，使我又記起了我曾在「過去」這個東西裡埋藏巨量的感情和悲傷，但這些都是帶不走的，只能留在它們發生的那些點上的，不是嗎？即使有些執拗的小

分子硬要一路纏跟上來，也總會疲乏下來，然後被草率葬在不是它們故鄉的另一些時間點上的。「現在」永遠是孤冷冷地站在記憶線上。所以我得盡全力疼惜「現在」的感情和悲傷呀，挖掘它們在「現在」的豐富藏量。

四月十三日

難以抑止地悲傷，想念村上春樹，想念他的每天在刮鬍子時掉淚，想念他對著彈珠玩具說「沒辦法嘍就是悲傷」，想念他在海邊睡在睡袋裡大哭「死的是我的兒子」，村上春樹，告訴我為什麼這麼悲傷，就是悲傷。

還給我的L啊，我心上寶貝，還給我啊，為什麼要兩度將她從我身邊奪走，我忘不了她，趕不走她，沒辦法向前走，村上春樹：「沒辦法，就是悲傷」，只是失去一個女孩子嘍，但是我就是只要她，我真的必須自己一個人向前走，忘掉她，去繼續愛別人，把在這裡的一切放，把火燒掉，什麼也不要帶走，去當一個英雄，創造熠熠發光的生命，接受那最寂寞巔頂的榮耀嗎？我已準備好要向前走這樣的一條路了嗎？我一定要向前走這樣的一條路了嗎？

我跟妹妹說我竟然老到想大哭，我真也不能假裝堅強，老到再也禁不起任何分離，從前我不敢愛人因為怕分離，我的心裡不要跟任何人在一起，卻製造了更多分離，如今我明白了我所需要的就是和人們活在一起，我自然地深愛著他們，但分離又來了，我又回到從前分離的悲傷裡，悲傷如潮水般日日夜夜在我心間耳際淚眼排排湧來去。

我想少掉我後她的生活就非常完整了，我想她的未來是充滿美麗幸福的，我想無論現在或未來她的身邊都會不乏愛她照顧她的人，我想沒有我在旁不斷傷害她她就會過得很快樂積極了，我想我離開她後她就會永遠把我從她的精神裡驅逐了，我想……。

所以我或許真該忘了她，為了我們兩個人的未來和幸福，我或許該把我的愛拿去愛需要我的愛的人，我或許該結束浪跡時代捲起袖子開始認真打造我的石塊，我或許該用這麼老的流浪命換成海闊天空的胸懷含笑憐惜世間的滄桑流轉，我或許該開始打起領帶一分一秒進行我工程圖裡的進度，我或許該收起我奔沛的眼淚當一個能愛得更徹底的巨人向所愛的人大喊「請自由地離我遠去吧」，我或許就該美麗如大藝術家般地豪氣——一切悲歡離合請你們自由進出吧。

四月十四日

今天在文圖碰見L和她的情人，心裡真是驚慌難堪，似乎連自己都在心裡默認自己是沒什麼資格嫉妒或激動的。只是像個隱形的旁觀者般欣賞著這一幕。我必須下定決心和想念她的日子劃清界限，一刀兩斷。我要做的事太多了，我要狂奔向前去擁抱這個世界。

我對自己說「或許我和她分開不是最美的但卻是最善的」，想起崔健的歌詞「他問我要到何方，我指向大海的地方」。在裡面的感情和悲傷是沉默內斂的，正如我的那首詩「你會在流浪的盡頭等我」。我真的得割除最後對她的留戀，去過真正心靈自由的日子。我的寂寞再也不是因為她，而是生自心靈的流浪。我該再把她恢復到我之外客體的地位，不能再把她視我內在的靈魂，否則我永遠不能獲得解放。

我今天不斷地聽到妹妹在說「妙，不要做拖油瓶哦」，我在心裡感傷得想掉淚。妹妹，妙不會做拖油瓶的，妙會做個堅強的人，妙會做個有本事一直哈哈大笑、不再為任何分離掉派的人，妙會想辦法把一切一切分離的儀式想通的，妙可以的，妙一路都是這麼飛簷走壁地想通各種死結活過來的，妙會做個開闊通透有智慧的人，妙最後還會是那個背著大背包坐在馬路邊抽煙大聲笑的怪人。

我要獨立起來，解放自己的精神，才能真正寬容溫柔地看待所有的世相，才能真正開闊瀟灑地走在我心中的道路上，才能真正堅挺驕傲地面對這個世界。

從三月一日事禍到現在約三個月的時間是我離開家後這幾年裡最深切體會到「現在」是什麼的時刻。我從「過去」裡走出來，很真實豐盈地活在「現在」，甚至帶著喜樂。我感激這種能「活在現在」的生命時刻。

這三個月，或說四個月我所體會到的關於「如何活下去」的奧祕正如馬塞爾說的「瞬間默觀」的深刻可以延長成一本書」。如果用一小段話說那就是我常唱的陳昇的歌詞——「會有一天，你睜開雙眼，忽然聽見，有人在說：放下手上的遊戲，回到現實的那一邊。什麼時候你要告別幻想。不要悲傷，親愛的朋友，找個地方靜靜歌唱，在這逐的世界，真理不知在哪一方，你要張開翅膀自由飛翔。」

關於生活，「現實」是我的主題。如何引領我的感覺走出幻想進入現實，讓我的真實感緊緊攀抓住現實這一界域，如何讓我的思想和感情更專注地投入現實的材料。生病那段期間是我最接近現實也是最脫離現實的時候，使我被很很撞擊，「現實」和「精神」激烈地交纏，使我深刻地體會到它們各自的屬性和在生命裡所扮演的角色。我為自己對現實的渴望和過去精神長期所受與現實隔絕的痛苦而痛哭，悔恨和感動、振奮。真正瀕臨肉體毀滅邊緣，卻反而激發不願結束此生的欲望。體驗到想要回到現實裡再活下去的強大呼喊，才讓自己從自身裡生出「生是一種恩賜」的聲音，洗滌了「生」這幾年加諸我折磨的罪惡，也淨化了我與生之間毀滅性的仇恨。我竟然能像憐惜陽光雨露般地憐惜自己微弱的生存了，且激發出要「竭盡此生」的原始生之欲。

關於愛情，「永恆」和「分離」是我的主題，經常我徹夜痛
哭，經常我默然流淚，花了大量的精力和時間想我失去了這
件事，為了永遠不能再與她活在一起，為了她即將消失隱沒
入我記憶的無感地帶而悲痛、哀號。但慢慢地我累積了減輕
我心靈悲痛的許多話，反覆在我心裡播放。為我流血的傷口
醫療——我們是該分開的，我想了這麼久，這樣想已愈來愈
肯定了，因為分離或許不是最美的但卻是最善的，那時的我
即使現在的我也不能使你獲得生活的平安充實，我們的相愛
雖然美但對我們的生活卻具太強的殺傷力，不是嗎？或許由
於我還長大得不夠，仍然承受不了「大愛一個人」，但我漸
漸地了解「過分愛一個人」和「與那個人生活在一起」是注
定相剋的。在愛情裡被激發出一種對於彼此完全結合的美的
想像後，若是這種想像的熱情和願望非常強烈，則對於兩人
間裂縫的容忍力就相對的非常低，在這種「狂愛」裡人會毫
無抵抗力地變成一個狂烈的完美主義者，任何破壞那份至美
想像的因子都會被放大到難以忍受的地步，我笑自己說：
「除了分離外連一根針都忍受不起」，分離似乎是保存那份
至美愛戀想像的最安全方法了。我長大得不夠的地方或許
就在於「不懂得若要和你生活在一起就要降低對你的熱情，
就要放棄早先我們彼此激發的關於愛情結合的浪漫幻想，但
我懷疑這是長大的問題嗎，我會有長大到能控制我對你的熱
情和你對我激發的美的想像，會有那一天嗎？對別人或許可
以重頭學習用理智克制情感，但對你大概已經是固定的反應
了吧，我宿命地這麼想著。我詛咒我狂烈的熱情，它使我們
受苦受折磨，卻反倒燒光了所有安謐甜美，不是嗎？我問自
己：如此過分地相愛，所為何來？我們因這份相愛連一點辛

福也沒有增加卻反被不幸更嚴重地砍傷，最後甚至連最卑微去探視你、看護你的權利都喪失了，只換得遲早要在時間裡灰飛煙滅的美的幻想。結論竟是：「過分相愛」使我們永世隔絕。

如果關於你的未來，我有什麼想告訴你的，那就是──打破任何我讓你產生的想像。努力去愛別人，但不要過分愛一個人，適度地愛，也不能完全不愛。那種愛足夠讓你知道在現實裡想怎麼做對他才是好的，那種愛足夠讓你有動力竭盡所能善待對方。即使你因而不愛我了，但沒有關係，我希望你活在現在和未來活得好，那就是努力去愛別人。雖然我可能無法完全免於悲傷。

我已經下定決心要放棄永恆擁有美的潛在願望了，我去看海，哭著告訴自己：（我不可能永遠擁有一件美的東西，即使我再愛它。因為美之所以為美，就是因為美有其自然生命，如果我想永遠擁有它，就會扼殺了它的美。）所以占有欲是一種惡，老師也說是「存有」不能是「擁有」。我決定要放棄對我們愛情之美的執著了，我說分離的儀式對美是必然的，美不能被永恆保存，只有放棄美轉為善時才會流進永恆裡，所以「永恆」可以在「善」中獲得實現。我終於找到可以醫療我要與心裡的你分離之痛苦的處方：即告別以美的方式與你共存，可進入「善」裡與你一起實在地活在這個世界上，且是永恆不會被剝奪的感覺。「我希望你在這世界上活得好」這種方式更超越我們倆之間愛的熱情和審美歷程之上的，是屬於人與人之間更永恆的基本關係。畢竟關於「如

何活下去」裡有絕大部分是完全相反的冷酷和醜陋的疆域，對於它們只有「善」才是親切、有意義的。一個哲學家說：「愛得愈深，悲憫也愈深，知道對方跟你一樣在受苦。」所以真正的愛情需要超乎熱情的「善」。

我也是個美的主體，我也需有自然的生命才會保持美，我也必須自由地去開展我自己，我們誰也不要做誰的奴隸，好嗎？第一步就是：把你「外在化」於我。

四月二十日

這樣很好，保持這樣的真實感，活下去才會有救。唯有理智控制得了的感情才能稱得上是「善」。我已經這麼大了，要很嚴肅地看待人與人之間的關係。要不斷地告訴自己要絕對地遵循「善」的法則，要絕對絕對遵循，這是我活到這麼大所知道的關於人的尊嚴。我一定一定要做到，我起碼要活得讓自己尊敬自己。對，「善」。我渴望這世界的善，我渴望人與人之間的「善」，我渴望自己內心的「善」，這就是我現在所體會到關於這世界的奧祕中，我所嚮往在生命該有的心靈狀態。這樣這個世界才值得我活下去。

四月二十一日

你接著昨晚打電話來，今天早上又打電話來，我不知道你到底想跟我說什麼，你只是沉默，沉默是我辨識出你的標幟。雖然我也謹守屬於我的沉默，應付待還算從容，但我不是很清楚為什麼我沒有拒絕你，也許正如你也不知道自己為什麼要打電話給我一樣。我在想為什麼我沒有拒絕你，我不是遲早會拒絕你的嗎？早點拒絕不是對你比較好嗎，遲了才拒絕遲不是等於在引誘你掉進一個大傷害裡嗎？我得花點時間想清楚怎麼做對你比較好。

我沒有拒絕，是因為我清清楚楚地知道我還愛著你，且我的心正純純粹粹完全屬於你，我的生活也是分分秒秒有你在我心裡跟我說話，所以似乎可以理直氣壯地說「你在不在都一樣」，對於我，實際你的聲音有沒有出現在電話另一端好像不是能區分出的兩種狀況。我就這麼自然地接到你的電話，自然地對著你自言自語，自然地任你掛掉電話。

我沒有拒絕你，是因為我了解你的心在受苦，我們彼此在為對方受苦，也只有我是眼承受同樣命運的同志，只有我會懂在你的沉默裡有多少溫柔和眼淚，我了解你的心正在受著巨大的煎熬和誘惑。你在掙扎著要抵禦我或擁抱我，那是非常糾扯的苦。若非掙扎得很厲弱了是不會走向我的，我想你需要靠一靠再回到掙扎的戰場。我想你需要讓鼓脹的思念之苦潰決一下的，這些都是我也曾很需要的。而我是如此疼愛你，怎能不任你倚靠呢？

我沒有拒絕你，是因為我最深處的心底在偷偷地等待著，等待著聽到你說「我愛你」或說「回到我身邊吧」。我似乎在等待著得到一個能進入永恆著待你的機會，與你一起實在地活在這個世界上。

四月二十日

在等待你第三天的電話前熱中看完了《陳克華極短篇》，文學真是我的宗教，我的神。每看完一本文學作品就又更堅定我要把此生奉獻給它的信念。——此生不求做個偉大的作家，只求做個認真的作家。正如信仰只問你與上帝的關係，我的宗教也只問我與文學的關係。

從昨天早上又接到Ｌ的電話。開始時她沉默了很久，整通電話都是我在自言自語。她從學校打來，像那次她打來告訴我「刺蝟與櫻桃派公主」故事時的氣氛，我仍然百般呵護，包容著她，像哄著一個孩子情人。之後，一整天我都亂了，我又陷入被那股熱戀裡特有的黏膩、混濁、窒息氣氛緊裹的壓力中，我潛意識裡綑綁好關於她的各種欲望想像逐漸地一些些、一些些鬆綁，進入意識裡狂舞飛捲，我又慢慢地失去集中意志站起來走向生活的主控權，我只好退出生活秩序停心擺在一邊，等待著視界再清晰起來。我心裡憐惜著我的「証心」，它就這麼莫名其妙地被一件意外事件阻斷了我對它投注的熱情，而我和它可能達成完美結合的關係竟也被我這麼無能地出賣了。

她又在叩著我的門，且叩得很急，連續三天都打電話給我，我慌張虛弱地反覆問自己（我該讓她進入我的生活嗎），那個顛覆分子——我知道我不要被她顛覆我的生活，卻想要那她進入我的生活，但這可能嗎？這兩件事幾乎是相生的孿生子，像《鄰家女》裡最後對那兩個「狂戀」男女的結論：在

一起痛苦，一個人又無法活下去。

　　我為什麼要讓他進入我的生活？最主要是基於不願意和彼此生命相關的人永遠分離，永遠分離是對生命的斷傷，是天大不「善」。還有就是想要疼惜他的原始渴望，正如《生命中不能承受之輕》裡法蘭茲所說「他心中記憶長存：決不能傷害她，得永遠尊敬他內在的女人」，她就是我內在最核心霸道地占據我全部愛戀及吸吮光我全部精力的女性磁石，我不忍心任她一個人懸著嵌有我的一顆心在沒有我的世界裡倉皇流浪。還有我這幾個月裡最深層的呼聲：（我為什麼連最起碼去探視、看護你的權利都沒有，我為什麼不能在旁邊照顧你一輩子），我知道這幾個月裡這樣的絕望是如何在我夢底迴盪廻盪，我怕如今我放棄了，你重新送回來給我的這個權利，要造成我永世的懺恨，我又要如何原諒自己此刻對自己深層渴望的漠視、背叛。還有，還有我擔心她現在的精神處境，我擔心她現在或許正是最需要我的時候，或許正遭遇感情挫折，或許正惶惶無助，或許陷入長期精神孤絕的夢魘掙扎得瀕於枯竭，或許關於我的潛在思念又被點燃引發你心裡理性、誘惑很命斜拉的狂暴，而我還要很心把向我發出求救訊號的你推出去，難道我不能讓你進來我這個最安全的地方休息一會兒，讓我把你的創傷照料好，把你的淚珠烘乾，再讓你回到你的世界去？──但一旦讓你進來後，我還捨得走你嗎？

我思索終日的結論是——（我要能夠割除「熱情」和「占有欲」這兩個東西之後，才能和她有任何接觸）。這兩個東西幾乎是她走進我生命後這三年我痛苦的主題，也是兩次使我們的愛情成為毀滅致死物的核心。但可憐的是，你的美麗、你的聲音、你說的孩子話、你童話般純真的心靈世界都會無可救藥地引發我的熱情，像彼此嵌合的兩塊七巧板，那熱情裡有太強烈的欲望了，身心完全結合的欲望，光是這潛在的欲望就夠把我在我自己裡面燒成灰燼，接著熱情又必然引發「想永遠擁有你」的占有欲，這樣的想法又像在我心裡安裝一盤剌針，隨時剌得我血流不止。

四月二十六日

痛苦，難以入眠，用力猛掌自己嘴巴，要自己停止想關於痛苦的內容，仍然清醒著任痛苦肆虐。

也許這是掃除我最後殘餘眷戀與幻想的機會，而不要想或是摧毀我四個月來思想建設的潰決點。我解放的日子或許因為這次的印證而更加速地來到。我相信我真的能讓她從我心上「蒸發」掉，像C一樣徹底被我驅逐到精神之外，一點潰痕都不留。

總結起來，我繼續地愛她只是由於習慣和欲望。她實在已經不值得我那麼對待了。沒有我她反而活得滿足健康，而她對於我根本沒有付出我所需要的對待，甚至她可能從來沒有了解過我需要的是什麼。她也不是有能力給予我我所需要的人。兩次都是這樣，我傾家蕩產地去愛一個客於給予我什麼的人，去愛一個距離我童貞如何給予我太遠得荒謬的人，去愛一個在現實裡根本沒辦法需要我只能拿我當點綴的人。播播在胸膛滿足，毀天滅地，心一點一點槁死，還是只能像村上春樹在擠刮鬍膏時掉淚…（沒辦法，就是悲傷嘛）。

我已經決定要割掉仍然背著的關於「永恆」的負擔，這條旅途上我無法攜帶每個我遇見的人走到「永恆」，總有些人要被丟棄在半路。逐漸忘掉是必然，過渡總需要時間，之間的情緒起伏是必然的，用智慧去忍耐，期能縮短忍耐時間，早日心境澄明指向超越界。

四月二十六日

我買到一本《冥想手記》，我翻著翻著他那些簡短速記式的反省，還有配合簡單線條的塗鴉，空白還好大好大，讓我覺得親切可喜，像是我自己的手記。我想我自己也應該創作這樣的手記，這更接近我所要的「自我記錄」。

生活有些鬆弛，閑夢已遠，激戀已息，過去長長黑稠的情緒也沖刷得稀淡，我的生活像是一幅無聲的動畫，緩慢悠揚，飄著看不見的花香，氣候天色靈敏地變幻著對我充滿暗示，我望著窗外想起塔柯夫斯基的《鄉愁》裡緩緩飄落的雪，悲傷和對藝術的愛戀糾扯著我，我懷念起過去離藝術很遠的我，他心裡的一切就是我所愛戀的藝術本身，但現在努力奔向藝術且離藝術較近的我，卻反而像個走在沙漠中要去朝聖的教徒，愈走愈遠，愈走愈不知道盡頭在哪裡，跪下來哭喊：你到底在哪裡？

把她「外在化」果然成功了，我對自己下結論說：（她不會是能與我一直對話的生命主體，她只是我生命過程中剎時激昂綻放的美的現象。）在這長長三年的過程中就是在為了能永久擁有這美的現象而奮戰，與自己、與美的本身、與時間、與整個世界爭鬥，為了獲得永遠的守候權、獨霸權而奮戰，糟蹋自己。再也不能想去擁有別人和被人擁有，因為若存有這樣的欲望就要再展開那種激烈的奮戰，而這樣的奮戰總有一成不變的結局：就是糟蹋、糟蹋自己到醜惡不堪的地步。始於強烈的要占有美而終於醜惡的再所難堪。

除了「占有─被占有」的關係，除了相互贏取「忠誠」和「愛意」的賄賂外，我何嘗讓她真的站在與我平等對話的主體地位？如果不是互相對話的兩個生命主體關係，兩個人都沒辦法自由向前運轉的。如果是「看守─被看守」的關係，兩個人都要停滯下來互相看守。

最美的是：彼此都能自由地向前運轉，將寂寞和淒楚化為心中最深的一段沉默和溫柔。我和她曾性命相關的感動裊裊不絕。

相愛的方式雖然錯了，但卻反而把愛的沸點點燃起。

四月二十九日

關於愛情的冥想可以告一段落了。「沒有人可以拒絕長大」，得真正離開這裡啟程到一個更高的地方。Hugh Prather 說得好「生命是一種漸行漸深的覺醒，當它達到最深處時，便將我統合為一」這樣的愛情已從純粹的苦難、最難堪的悲劇提昇到一種關於命運的諒解及人與人關係的寬容，反而鍛鍊我更深沉的情感和更能統合生命的覺醒。然而達到深沉和覺醒的某個點後，愛情裡的難忍難捨反而變得很輕微，可以微笑著輕拂開。

再像個鐵甲士兵一樣再鼓起精神投入生活裡砌磚塊、蓋城堡吧。我現今的生命就是讀書的意志（上課、讀原文書、考試）訓練、創作內在活力的積貯和發動、思想力的集中挖掘和預繪藍圖、藝術敏感度的提高和觸角的伸廣、對於人和自然關係完整脈絡的重建。整體而言：就是讓我的生命朝向更安定、完整、深刻、活潑和發展性的想像推進。

下個禮拜，第一件事就是誠誠懇懇地把「認知」考完、把該上的課和該做的工作都乖乖做好，該讀原文書的時間結結實實念足，幾件拖很久沒做好的瑣事也一件件安排時間做好。然後不要超過十一點鐘睡覺、早上六點起床（不要睡眠不足）、不要花時間跟人說話、聚會、按電話、不要坐計程車、買書、早上不要花時間照鏡子、發呆、提早動身不要遲到、晚上不要花太多時間看報、寫日記、瞎摸、在外面的時間不要多想人和愛情的事、不要不做任何計畫就出門。

下個禮拜天安排回員林、否則就再去看海。然後期中考若結束了要專心閉關寫中篇。

現在變成當我煩悶時我就逛書店，找奇怪的書，看到可能絕版的書就忍不住瘋狂購買，這種也積「書癲」的怪癖，已成了我最足以傲人的財富，而累積下龐大的「書債」也成了我一筆大的精神和經濟負擔。

不知怎的這兩個月對於生命喜樂的感覺又快窒息掉，可能是離開車禍後重獲生命的感覺又漸逝了，而天氣悶熱不易睡得好也是原因。現在想想可能關鍵和愛的熱情被我自己強行行關閉有關，我又變得麻木起來了，在心裡沒有感覺到愛任何人，為了讓自己從糾結的人際關係中退出，把自己乾淨、獨立地切割出來，我對自己說我必須選擇在永恆的路上放棄某些人。我努力專注在我每天的作息表、上課和工作上，開始進行全面對人「外在化」的工程，不讓任何人「內在化」到我心裡造成我情緒的負擔或成為記憶漸進的傷害，慢慢地這種能力增加到我的腦筋空白化，沒有記憶沉重的陰影，沒有眼前人事的斑駁聲音，我不對周圍的人產生興趣只關心任務達成的精確度和預期的完成比例，全部的精神和體力都用於推迫自己向下一刻實現計畫。但在有環境規畫的格子裡我可以達到這樣的專注度，而剩下必須自己安排自己去工作的獨自時間我卻像鬆開的橡皮圈般，毫無秩序和時間感，枯乾而疲歇，只能隨便揀選我還做得動的小工作搪塞時間，所以在獨自的時間裡我幾乎呈無政府狀態，漂浮在時間裡。

怎麼會這樣呢？難道我仍然沒能力獨處？馬塞爾說「我的生

命不能離開我對生命的熱愛，而要維持熱愛就要有感通，感通的方式是對自己開放和對別人開放。」我得保持隨時與自己的緊密接觸，接觸自己真實的情感，這才是生機的泉源，也要敞開對周圍人感動的開口，這才能使我感覺到我是與人們一起活在世界上的，我要的是一種喜樂、感動、帶點悲傷和源源的熱情，這樣的生命狀態。感謝馬塞爾。

五月五日

聽了整整一個禮拜的Suzanne Vega，今晚才真正受感動，被〈The Queen and the Soldier〉激發了這一陣子壓抑的情感。淚水自然地湧上。一個一直為他所愛卻不了解女王打仗的士兵跑去女王面前說「我明天要走了，不再為你而戰。我將要爬到山頂上看你的這片土地，但我想知道我為她而殺人的這個女人是什麼樣的人，還有為什麼」。結果女王叫他等一下，他進去後卻下令把士兵殺了。低調，平靜卻乾乾淨淨地死寂。

我心中的一部分已接近完全死去，那是過去很大塊的一部分我，它竟然必須完全死去，它竟然要再完全死去，它竟然完全死去了。朋友說他的蠶寶寶們生完蛾後都死了，竟然都死了，為了新生卻得將過去耗竭生命所渴望的東西拋棄，這個新生所付出的代價未免太大了。在站書攤時翻到一句話「當人失去他對於最大渴望的欲望時是最大的悲哀」本值得捶胸頓足的，但我卻只微微苦笑。

晚上九點半我在圖書館念煩了書，騎車逛側門的「小郁林大道」，從那條路上望過操場另一邊整排橙紅路燈，連成一大片的亮紅在近處的叢叢樹影間漫開。我破著風縮緊冷冷的身體，迷醉了，渴望脫離水泥般的現實事物，進入迷離的超現實裡。圖書館管理員念「心理學」的英文逗我，我也發音矯正他「Psychology」，唸出來時我才發現我對這個字的感情有多深，我曾多麼以它為榮，我曾如何遠遠地仰望它，渴望追求到它，但它卻不完全適合我，它不是不好，只是令我傷心失望，然後我告訴自己（一切就是這樣，如此而已），我將要拋棄我的Psychology，永遠告別它，如此而已。我幾乎哭著唸這個字──Psychology。

五月六日

在報紙上看到一個槍擊要犯在被警方圍捕時最後竟當著妻兒的面舉槍自殺。妻是十八歲即與他同居長達七年的女孩，兒也已經六歲了。當他用槍打自己的太陽穴後，妻竟歇斯底里地用雙手和一切可用的東西要阻止他從太陽穴裡流出的東西。對於活著的這兩個人而言，目睹這一幕是此後一生多殘酷的場景夢魘。這個六歲的孩子如何能逃脫父親自殺在他生命中所造成爾於自殺的誘惑。

在《自殺研究》裡提到一個曾兩度自殺的英國小說家說，從小他的雙親都非常喜歡死，每天下午他們都要服兩顆安眠藥在午睡中等死。他們的門是關著的，永遠難以接近。小說家說無論發生什麼事，我絕不敢進去。對他們說「喂、醒來、聽我說」。這樣的童年造成自殺的念頭成為他生命中的一種基型。他說「像我父親那樣，我對於生命、人、以及人與人之關係，要求過多——甚至超過於世界所有。每次當我發現我得不到它們時，就有一種被拒之感。但其實，並不是被拒，因為世上根本沒有那些事。空的事怎能拒絕你，空就是空。」

沒錯，我們要求過多，甚至超過世界所有，而這麼簡單的事，竟要花甚至是逼自己到死亡角落的代價，才能學會，才會長大。這麼多次的幻滅和重挫，我也像他一樣終於知道我所要的人與人之關係不存在，而不是我追求不到，於是我的憤怒和悲哀像被點了一把火，燒得乾乾淨淨，我也開始有快樂在心中流通。

這個週日被明顯的孤獨感侵襲，又感受到自己最近對於與人建立較深關係有冷感、退縮和無能的現象，使我又開始害怕這種孤獨感將佔我未來生活愈來愈重地位。

分析這種孤獨感的產生，主要是由於四月中旬為了「分離情結」跑去看海後下定決心要放棄想永遠擁有美的潛在願望，告訴自己（再怎麼愛一個人都不能想永遠擁有他），於是我在心中割捨了對幾個朋友眷戀的感情，讓自己回到自己每天的工作世界，不讓別人成為我的情緒負擔。再則是因要徹底斷決愛情記憶對我漸進式的傷害，發明了「外在化」的方法，將所愛的對象努力從「外在於我的獨立個體」這種角度來看待，拉開了我與所愛之間的心靈距離，使我心靈自然依附愛情的溫柔情感和美好想像斷絕電源，心裡不再感覺到愛。另外，還有連續發生的幾樁人際關係摩擦，使我對於一些人因內在的脆弱對我過度的依賴產生厭惡，也有一些人因對我的期待不能滿足而對我生怨產生憤怒，還有一些人由於性格的冷漠與退縮造成我對與他們進一步相處缺乏想像且感覺不到意義，這些小挫折使我普遍上想逃避與人進一步相處的努力。但我想使我最感孤獨的是當我失去我心裡那股強烈愛一個人的感覺後，所剩下對那人的失望和憤怒，而過去我所做一切要掩蓋它們的努力使我有被自己欺騙的荒謬感，這種失望和憤怒多少會使我對普遍人群有深層潛在的敵意，使我又慢慢築起精神圍牆。

我必須趕快扭轉我這樣的感覺世界，再惡化下去會不可收拾。注意：感覺世界的形成核心是與人的精神關係。我得建立適應孤獨的哲學及發展深層人際關係的方法，這是「活在現在」哲學中仍中空必須快填補上的兩環。

心理學對於了解問題是能手，哲學則是超越問題的權威，文學則是像氧氣筒般只夠喘一口氣卻能積貯巨量的情感，像生存的油脂。

五月九日

現在在文圖這個四方圍著教室的中庭，我坐在大樹底下的破椅子上，滿地枯黃的落葉，覆蓋樹陰形的一塊褐色華麗，樹名麼形之下的另一半嵌合面積鋪著鮮綠的嫩草，背後傳來不知名的淡香，橫斜過中庭的小路每隔一陣子就會有一個人靜默地走過，整片曠地隨著某種韻律動著，剛下過雨，所有的草木都面目清新。我要年年地記住屬於台大的這一景之剎那。

能像昆德拉真的把生命看得輕嗎？也許我已有了某種關於輕的想像，藝術家是比科學和哲學家自由多了，它不是壓扁抽離之後的生命，它就是生命的表現本身。又在馬塞爾中國到一股極溫柔的氣息，它柔得能使所有的硬塊流動起來，昆德拉的自由，像在紛亂的世界中獨舞，我現在想要篤充滿活潑躍動的生命力但能進入生命的深層結出纍穗的小說，和過那樣的生命。

五月十日

我得開始寫小說了。我有一個月的時間可以完成我那個中篇，馬上又要轉變生活方式了。我必須在這個月裡好好經營我的寫作生活，讓它也很充實。但最重要的是要收拾起那一點意興闌珊的心情，要積極向前。

這個學期以來我已經向前走了不少路。在情感上走出糾纏在與她一起生活著的感覺，把關於那其中的問題：分離、永恆、嫉妒、傷害想清楚。也在生活上將自己推進正常人的生活方式，對於未來也計畫得較清楚，整個人的控制力也大大提高。這些都是努力向前走的痕跡。

但偶爾「過去」的殘屍會回頭過來使我無力、悲傷。我的熱情死掉，造成我對人普遍的冷漠，無法鼓足熱情去對人產生興趣並愛人，這使我害怕，我不是這樣的人的。我已經比較已不害怕人與人的分離了。分離在我生命中一直是主題，但我已經能控制住不要產生太強烈的分離感了，卻仍然眼睜睜地必須看著和自己所愛的人一個個由心理上的分離而逐漸永遠地不復返地分離。我必須把人與人的關係想清楚。

五月十五日

聽到一個個案被自己的父親強暴，令我情緒非常激動。在督導班那些人都沒注意到我的情緒。那些人令我覺得冷漠。回到家裡妹妹剛好打電話來給我，我一接到電話就哭了，為了那個默默忍受恥辱這麼多年的女孩悲傷。督導班時他們問我為何這麼激動，我不知道那是來自哪裡的情緒。那是出自人類自然的情感。我也是有血有肉的人。聽到有人遭受到這麼殘忍的待遇，我怎能不替她悲傷。

難免會聯想到L。我要她好好的，不要受到任何傷害。真的，不要受到任何傷害。如果她發生任何不幸，我怎麼受得了，我會崩潰。或許這個個案又勾動我無法保護L的悲傷和絕望，我發現對於我所愛的女孩，想去保護她的情結竟然是這麼特別凸顯。正如電話裡的女孩極力想保護女兒的情結，無法保護我所愛的女孩是我很深的絕望，也是我放棄再去愛女孩子的根本原因。唉，我畢竟無法否認我和她仍然一起活在這世界上，彼此的性命還是牽連在一起的。我是靠著想像她活得很好來壓抑對她的那份牽掛，像是一個遠方的親人，我在這個世界最愛的幾個人之一，卻要永遠分開。但形體上分離感情仍然連結在一起，即使感情的意識也消失了，在精神上仍然存在潛意識的庫藏裡。除了情人的形式消失了，卻是以親人的關係一起活在這個世界上的。

專心工作吧，減少對人際間的敏感。我得大刀闊斧地去樹立我的成就。我喜歡我現在這樣的世界。

五月十七日

我渴望現在踏踏實實地活著，那種踏踏實實是生活本身的踏踏實實，每一寸都踏踏實實。我喜歡那種每一寸都流血流汗活著的感覺，非常充實的，不會飄浮在空中，連一腳都不會踩空。生活的材料本身倒是不重要，重要的是耕的每一分土深不深，踩的每一步穩不穩。

這樣在自己裡面能獨自存活，能把精力放在自己想要向前開展的生命藍圖上，而又能維持生命能源系統的充足飽滿，沒有解不開的情緒團和暗流起伏，生活效能足以應付生活任務，自我控制力也足以修正步伐消弭危機，這是我所能有的理想生活。

至於感情必須很有魄力地攔下來，直到所有的傷損都被我溫柔地撫平，然後我有能力換一種全新的感覺和態度去再接納溫一分感情，而那時感情不至於傷害到我生命的核心，挫折也不至於摧毀我的整體生命建構。那時，感情就像豐富生命的另一支涓涓泉流，是綿遠流長，能永遠存在在精神裡的生命水，它所鑿出的洞口是會不斷流出滋潤我的泉水。

無論任何人，我們是一起活在這個世界上的，沒有分離。

所以人與人之間所存在的永恆因子是一種屬善的基本關係，至於這種基本關係的具體內容是什麼還要再想。

最不能缺少的是，關於提昇自己生命進步可能性的想像力。

五月二十一日

讀到鄭寶娟從法國寫的「對於自由模糊的理解，是我最大的財富，而去實踐這種理解，成為我生命唯一的目標。」她也是去法國實踐她夢想中的自由的，又有一個和我走同一條路的人。

這段以寫中篇為生活目標的日子，過得不大有效率，又被幾次人際聚會攪得真是有點頭昏腦脹，成就感仍不夠。一個禮拜不眠不休竟才寫出十頁，浪費掉的時間叫我罪惡，但是若被我寫出來了，那真是可以呼天搶地的一種成就，我確實必須忍受這種繃緊的感覺，向著中篇的山嶺攀爬，那是一項自我突破的成就，是我送給自己二十一歲的最大禮物，得拋開一切去努力，剪裁、壓榨生活成更有效率。創作除了投注心力下去外，畢竟不是有效率的工作，它需要等待與忍耐。

五月二十七日

進入二十歲倒數計時第三天，二十一歲的生日禮物快成形出來了，已經寫完33/45，我的心跳愈來愈快，要忍住不能尖叫。

昨晚去參加送舊，畢業班的學妹們個個穿著美麗的禮服，我忍不住想到你，你應該會穿比她們美幾倍去參加你的送舊宴，想起你的美令我痛苦。大三學弟們向大四致感謝詞時，我忍不住想起你，我這大學四年最要感謝的就是你，謝謝你對我的眷顧，正如一般人感謝學長姊的照顧，我對於你竟萌生想做最基本感謝的想望，馬建在〈你拉狗屎〉裡這麼寫「你給我帶來快樂，雖然很短暫，這一切，使我在藝術上更成熟，這是我幾年大學裡學不到的。」我又趁機喝了幾杯酒，你又要畢業了，這次無法送你走出校門，但我跟我自己說好不悲傷的，我得給自己一個乾乾淨淨的二十一歲生日，我悲傷不起。

我生命中有許多很重要的東西，也許只是意象，但那些組成了我，你走出我的生命之後，我又撿進來幾塊大塊的，我知道由於你，我又生出了一些我的血肉，且是極重要的。村上春樹又在講那段雙胞胎女孩的事了，這次我竟然看到他在哭，他從來都是笑笑的，我好心疼，他是真的愛雙胞胎女孩，但他仍然對即將二十一歲的我說：「我既然已經喪失了這對雙胞胎，無論再如何努力，如何思念她們，都已經是無法挽回了。」（這就是事實，我非得接受這個沒有雙胞胎的世界不可。）村上春樹，我就是悲傷啊。

五月二十七日

跟妹妹說：只要自己長到夠堅強，不怕被你瓦解，隨時都可以回去看你，但是氣度要夠大，大到可以讓你去結婚，去生子，去愛別人，去屬於別人，去過你自由自在的生命。要提升自己有那樣的氣度。

然後我們提到包容，我們說除了兩人之間有明顯的差異可預先排除外，任何一個對象的相處都必須面對個性、價值觀、生活方式的差異，最重要的是熱情要夠，熱情不夠就很容易暴露出你對他的厭惡，之後就是要不斷地提昇自己的氣度，胸襟要夠寬闊，足以離開用偏狹的相對價值觀去批判對方，而是站在愛的態度上，先跳出來客觀地了解對方實實在在是什麼樣子，然後進入愛，運用有益於他的方式對待他。

我們說：心靈的相通是更高、更抽象的相通，是能霸氣地說：「他就是這樣」，這樣的相通是奠基於愛對方更根本的本質。

六月四日

L：我想我喜歡上一個男孩子了，我應該不會放走。他是我所想要的那種男孩子，我要給他幸福並且從他那攫取幸福。我真想讓你看看他有多好。正如瀨戶內晴美帶著她的新情人到丈夫的墳上說：「希望你會喜歡他」，我也希望你會喜歡他。

不知為什麼就是覺得你們兩個有相同的美，說不出那明確的樣貌。你們有些共同點：你們都很內向、不愛說話、拙於與異性交往，內在像封閉的處女地，你們都具有一種純粹的美，屬於天真、純樸，如湖水般澄徹，如兒童般真摯的心靈，但你們也都是溫馴、柔弱和像白兔般需要保護的。不同的是，你是熱情、敢於去愛，能自然而然地用你的方式展現你的內在，且對於愛情是霸道放肆的；他是冷漠、恐懼去愛、沒有激情讓內在自然而然地開展，且對於愛情是卑怯缺乏想像力的。但另一方面，在知識和文化背景上，他是罕見紋路般能與我吻合大部分的人。你對於藝術和人性的感受力與了解還遠地不夠，這是你無法愛我的致命因素，你向我要求平等，但你自己做不到平等地來愛我，對於我所需要的愛你缺乏想像力。就是因為關於藝術和人性這兩個領域裡的元素，在我生命裡構成了我很重要的特殊質地，而這特殊質地你卻無法進入和感應。

我得讓你過去，真正結束你占據我心底盤根錯節的愛戀，用一種心理儀式，我要停止與你分離的悲傷，把那個傷口抹平，我要自由且狂妄地去愛別人。我們都要停止分離的悲傷，停止心底對對方的愛戀，我們都要繼續努力地去愛別人。

六月六日

熱情又使我虛弱，那蘊藏在我體內的熱情是多麼豐沛，只要稍微衝撞開，就要把我燒成灰。」啊，你這個可愛又可恨的女人，你哪裡知道我對你的熱情有多大，你罰我不准碰你，這對我是多大的戕害。僅針對你，我所被激發的是如一個熱情男子對他深愛女子的欲望，我想霸占、掠奪、征服你的心和身體，那是屬於physical的性愛，我體內的熱情像一團火，住在我女性身體裡的是一個很「悍」的男子，他蠻橫地要你，非理性地認定你是屬於他的，他眼裡燃燒著渴望的欲火，要將你融進他的靈魂裡，他要衝出來與完完全全女性的你結合。我體內的「悍」男子原本就非常卑懦地存在著，你卻又禁止他流露熱情、發洩欲望，他只有被這股熱情毀滅了。

你就是能激發我無懈可擊熱情的意象，那是集中了我對人類女性的原始傾慕，是一個象徵。但我已經失去你了，你是不存在的，我得把這熱情的意象轉到男性身上，但我能嗎？我能在男性身上發現如在你身上所發現的美嗎？我真能轉移嗎？

無論是對你或男子，都要拋除狂徒式的熱情，那除了自毀毀人外，沒有任何意義。我必須愛護我安定而理智的生活，真正的熱愛該是生活本身。

六月九日

L，今天是你的畢業典禮，我想你真的會幸福快樂地度過，那樣的幸福快樂是與我無關的，那裡面沒有我。昨晚兩個半小時的電話等於是你在對我說：「我已經不愛你了」，我像個小孩般被拋棄。你放開緊緊抓著我的手，對我寬大地說：「你自己去追尋屬於你的幸福吧，我已經找到我的幸福，不能再把熱情放在你身上了，如果你也找到屬於你的幸福，我不會減少我的內疚。」我覺得自己真是個悲哀的戰敗士兵，被你丟棄的可憐垃圾。當真是如海明威所說「勝利者一無所有」。我對你的怨恨愈來愈明顯，當一個表面上的強者遭到他所一向認定的弱者放棄，弱者突然轉醒過來，發覺這場「強—弱」的遊戲不再有意義，過去的邏輯：（強保護弱、弱依賴強、強壓迫弱、弱反抗強）對他像囚犯的枷鎖，他掙脫時，強者的外衣被他撕掉，變成一個可笑的朱儒赤裸裸地縮在那裡。就是這種我由強者轉為弱者的過程，使我對你產生憤怒和怨恨，是你使我必須正視自己這種可笑朱儒的難堪。

一次處理一個問題，我得先平復這種突然變成弱者的自憐情緒。我得先跳出我和她兩個人的世界，回到眼很多人一起活著的世界，強迫自己不要用「停留在自己裡」的方式生活，用行動生活，讓自己注進甜的喜悅沖散這一塊污漬。

我得珍惜眼前我所擁有的，我的親人，我的創作，我的朋友，我愛人的能力，我對世界的好奇，我的生活秩序，藝術思想和大自然帶給我的安慰。注意，我所要的是此時此刻喜悅，能感動、平靜、安定的心境，要用心去體會，再三反覆那種情緒而不是去製造或追逐些什麼。

六月十日

（我忘記摘花來
想了又想不知結婚證書怎麼寫
既然印泥也沒帶
就用一個長長的吻告訴我相愛有多麼深好了

我們到西餐廳叫了一個亞歷山大一個紅粉佳人
交杯酒喝過她說借走的書會寄還給我
我忍不住哭出聲來才知道有多麼愛她
要記得每年今天是我們結婚紀念日啊）

讚鴻鴻的詩會為自己對愛的不夠痛快直接、不夠童真、誠實而自慚形穢。我太世故了、懂得太多世界的道理。也太扭曲、委屈自己了，不敢野獸，也不敢兒童。我也太聖人了，無法暴露任何缺點，用千萬條應該把自己綁起來。沒有率性、也沒有任性，是個層層惟幕的假人。

不敢說「我就是要愛」。

六月十一日

這幾天又被擊垮了，是附加於上學期的小一次。摸摸自己臉龐線條鋼硬的稜角，是受了好多的苦，夠堅強的了，才會有那樣直的線條。我心疼也喜歡自己的堅強。我最深愛過的兩個人，C和L，都不了解我這樣的堅強，都不懂得疼惜我為她們所受的苦。我一直獨自地承擔著這樣的堅強，被推出來獨自受苦。我的堅強成了她們冷眼坐視我獨自受苦的理由，我的堅強也阻隔了她們進入我的心。我得自己撫忍自己心疼自己所受的苦。

是啊，這麼優秀的人怎麼會不斷地挫敗呢？太優秀了以致於一直頑固地往死裡執迷，往死巷裡撞得頭破血流。一旦執迷錯了方向就是要挫敗下去的命運。這樣一筆巨大的挫敗我總要在往後討回來的。

今天腹部整整痛了一天。在這樣只有哀嚎與呻吟的一天裡，人真是軟弱到了極點。渴望有個什麼人能陪在旁邊，想念著這時父母姊無條件地愛我，保護我，那種感覺真好。即使身體的痛是要獨自承擔的，但我比較有勇氣面對。但能找什麼人呢，別人又能幫我什麼，他們不能幫我痛或減輕我的痛，我卻無法忍受自己所呈現的醜態。恐懼起未來要離家愈遠的生活，以及死亡前長期的病痛，想起那可能是我承擔不起卻又無可奈何得接受的苦難。恐懼活著恐懼得無以復加。

那樣的軟弱到了又要刻骨銘心地感受到自己是如何孤獨地活在這個世界的時候。那樣的感覺是最恐怖的，會讓自己好像突然跟這個世界隔開，沒有辦法跟任何事產生關連，什麼也做不了，被自己快寂寞得死掉的感覺所充塞。

六月十八日

如果我即將死去，我會不會因為把「這個親人丟掉而遺憾？

現實與渴望之間的衝突。在現實裡，她是我挫折的最大來源，我幾乎無法抵抗她所帶給我致命性的挫折感，她對我的無知、任性、譴責和冷漠給我很大的懲罰。還有她對於我存在的吸引力所附屬的嫉妒，以及我心底渴望被她愛所附屬的痛苦。這三加起來足以將我整個擊垮，所以只要我接近她，雖然滿足我內心最核心的那一小塊，我卻要將其他大部分我的功能和潛力都破壞了。但在渴望裡，我對她的熱情我知道那就是我現在的生命核心，活在那樣核心的熱情裡是我最顛峰的幸福，而我也知道「一輩子照顧她」是我內在很深的渴望，我放不下心她。這個我生命裡頭等重要的人，像放心不下老姊那樣。這種感情是屬於親人的部分，對少數幾個人會自然而然產生這樣的責任感，很難分析它是怎麼產生的，彷彿他們伴著我的生命成長好一段時間，就是我生命的一部分。他們死了我的一部分也就死了，所以我像照顧自己一樣想去延長我的外延生命。這外延生命的持久似乎就構成了我生命較沉重的部分。

六月二十一日

我好像正匆忙地擠上一列火車，它即將開往一座高山的山腳下。我感覺得到我生命裡每個細胞都在燃燒，它們一起發光發熱要去完成一個很沉重的責任。我在開發我的潛力啊，我在讓自己活得很熱烈啊。

張藝謀說「藝術是一種悟的過程」，龍說「我隨時都會死，我盡量不去做浪費生命的事」，我還要加上一句「趕快去做不做會遺憾終身的事」。我在學電影之前我告訴自己「做個藝術家要活得很敢、很痛快」。

「這個女人恐怕是一輩子都沒進入過我的生命，也是永遠都進不來了。而我竟如此渴望被這樣一個人愛，她這樣的一個人是不可能真的愛到我，我只能是她精神裡依附的影子，我們的基本質地相差太大了。她不願來愛我，不願了解我，不願給予我，她只要我永遠的忠誠和臣服，這是她從愛情裡的真正需要。我怎麼能渴望要被這樣一個人愛，連我是誰都不認識的人，一點都沒辦法參與我的精神的人，一點都無法體會我的精神發展的人，一點都不會對我的情緒感動的人。

我是這麼容易就把自己推上強者的位置，然後再也下不來。今天我總算深切地體會到自己是多麼寂寞。當我和學長一起走在長長的巷子時，他說我的影子很美時，我真想和他抱頭痛哭。

六月二十四日

L，那天我在值班室和我那個長期憂鬱症個案結案，我在值班室裡說得流得流淚了，出了值班室後想起你，想起為什麼我不能在你面前像這樣把我的委曲、傷害、誤解讓你知道，為什麼我不在你面前盡情流淚痛哭，如果我們能像這樣溝通那就不用分離了，那是多大的遺憾。

六月二十五日

隔壁室友要搬走了，今晚是我最後一晚和她們共慶在景美的這個家裡，我好想對她們說「感謝你們這半年來的照顧」，但卻說不出來。我不知人與人的關係究竟該怎麼樣，我為什麼會對與自己朝夕相處的室友這麼冷漠，較諸我願意花在任何一個陌生人身上關懷、了解的意願竟天壤之別；連對室友的分離都難免悲傷了，更何況曾與自己性命相關、肌膚相親的愛人，究竟是如何讓自己沒經過告別就能永遠不再見到這個人的？難道一次如死亡般的劇痛就能償盡該付的悲傷債務嗎？難道自己對那個人的熱情被高速的痛苦殺死了後在哲學上就解決了這兩個人的感情關連嗎？這真是了一項人類恐怖的奇蹟。

「午夜琴聲」的李文媛在哭，她說今天她聽到前任男友結婚的消息，且已結婚兩個月了，她說他們相愛了一年，而她也會花一年的時間來懷念他。有什麼比這件事更悲哀的？

愛一個人這件事實在太恐怖了，那樣傾家蕩產地去愛，然後一無所得，然後回復到毫無關連，彷彿什麼也不曾發生過。但是唯心論說：愛過就是愛過，所有的東西你都不可能占有，所以人與人的相處無論瞬間或永恆、記憶無論長或短，都一樣存在也都一樣不存在。

六月三十日

六月份結束了，大三的暑假真正展開，活著真是匆忙到只能注意現在怎麼活最好，而流失的歲月竟淡薄到一點味道也沒有，我心刺地問自己：活過去的是幹嘛的？彷彿所有生命大悲狂喜的瞬間都是演戲般的捉弄，雖然隱約還記得戲目劇情，但是那些大悲狂喜放在現在來看卻是那麼微不足道，還顯得荒唐可笑。自己為了過去的歲月付出了多大的代價，但對於現在那拼了命的代價卻一文不值，我不知道自己為什麼要為過去拚命，怨恨竟必須否定過去。怨恨把自己活得那麼不值得，怨恨由「重如泰山」變得「輕如鴻毛」的荒謬。

《齊瓦哥醫生》和《生命中不能承受之輕》裡的愛情，甚至法蘭克和張藝謀的愛情，我絲毫不能及，我難過自己竟然無法像他們那樣愛人，我應該比他們更能愛的。所有深愛過的人都不見了，愛人的方法錯了，進入愛的方式是膚淺而愚蠢的，讓愛情等於彼此虐待，我所有愛人也留不住，沒有資格獲得深沉的愛情。

七月一日

從現在到出國前，我得用力打下事業的基礎。文字與影像兩種工具兩條路。文字上要奠定我被視為小說家的地位，影像上要衝出天賦和動機來。這起碼兩年裡，我要做的事太多了，小說上我得拿下時報或聯合之中一個獎，然後在時報、聯經或遠流之間選一個出版社出書，寫完同性戀中篇，精神病患舞台劇，或認真完成個電影劇本參加新聞局劇本獎，神病患舞台劇，或認真完成個電影劇本參加新聞局劇本獎，或和著寫幾集華視劇展。然後想辦法加入攝影團體，設法將攝影水準提高到可以參賽，至於ENG機器的操作想辦法到傳播公司打工接近機器，拍出個實驗電影參加金穗獎。

除了創作是我的主業外，讀書和接觸人是我的生命本身。讀書上我得把我的哲學、心理學架構建立起來，從文學批評和電影理論兩種建立起美學架構的雛形。生命哲學和美學可能是我生命終極所想追求和成就的兩種學問。接觸人則是我創作和生命的主體，從心理治療室所能接觸到的人性層面，轉移到一個新聞記者所能接觸到的，去遭遇、受傷、感動，進入更多層面人的生命狀況裡，去受更多種生命價值的影響。

要做這麼多事，前提是要有一個很強的心靈和一副健康的身

體。身體的部分要作息正常，少用傷害性食物，多運動和接近大自然。心靈部分要了解自己和鞏固精神後盾，除了個人輔導外多利用台灣現有的心理資源，要透透徹徹地了解自己，而精神後盾上除了現在能給我物質支援的家庭和給我心理支援的稚情外，抓住能了解我和刺激我的人。尤其是男孩子，毫不客氣地向他們挖取愛、照顧、知識和生命經驗，全力開發男孩子，停止與女孩子的關係。

要有很強的心靈必須解放自己幾個個性，人與人間無需長久相互占有，也無需競爭和嫉妒，想去接近和愛一個人就毫無顧忌地去吧。

七月五日

剛剛竟然拒絕姊姊讓她傷心，我沒想到我自己卻比她更傷心，我一直哭一直哭，就是「傷心」兩個字。我想就像媽媽看到我在偷擦眼淚的時候她突然安靜下來，用沉默來表達她的感情一樣，那種傷害到對你非常重要人的心，傷心是最重的，無法移開，眨眨眼讓它過去的方法不管用，「不准傷害我最疼愛的人」是我到現在仍然沒有打破的戒律。我才發現我有多害怕失去一直疼愛著的人，那彷彿是我僅剩的一點權利，就是去疼愛別人，我才發現長久一直被我疼的人對我有多重要，就像L說的：「我丟掉大大的你」。

七月十三日

這一陣子過得太動亂了。太多訊息進來又出去。太多人進進出出。什麼也來不及感覺，什麼也來不及留住，卻沒有時間照料到原來已經擁有的。這樣的生活像空架子。我像是穿越一連串時間粒子，就我一個人在穿越，非常寂寞。

我的求知欲真會讓我這一輩子受苦。我像一隻貪婪的知識怪獸，不停歇地學習、吞嚥，讓自己膨脹、肥腫到消化不良，我似乎迷戀於這種累積財富的方式。為了這求知欲，我幾乎不再眷顧什麼。每天哺噬著這個欲望，也讓這個欲望哺噬我。眼裡再也正視不了其他東西。結果太專注在征服知識，變得狹隘且僵硬。我這一輩子不知道還要為這種追求失去多少寶貴東西。

又變得無法感覺了。每天接觸這麼多人、進來這麼多關於人的訊息，但我卻沒有任何美好或感動。我知道我只是機械性地在應付這些人。我聽他們講、對他們微笑、說笑、耍寶、分析、歸納、探索、同理、做盡善盡美的演出，但演出完之後對我竟沒留下任何意義。我只是在上緊我自己的發條並且喀喀喀喀擺動罷了。所以這些關於人的訊息其實是壓迫的、痛苦的。我不要這種不像活著的感覺，這些人、這些訊息對我更產生隔離、更令我寂寞。像走在沙漠裡見到滿地的骷髏一樣，我在他們身上浪費我的生命。

我到底又是怎麼回事？別人又進不了我的精神裡了，我難以想像那種可以為一個人的眼神、聲音、動作、言語感動很久的狀況，甚至想念一個人、衝動地想去愛他的感情是怎麼有如此大差別的。那種美好和感動到底要怎麼樣產生，為什麼我眼前有這麼多人很好，但是我卻沒辦法讓他們進到我的精神裡？這其實不算愛他們。

七月十五日

這一個星期以來的空虛、壓力生活，直到今天才鬆了一口氣。今天和朋友去看海，悟到「靜」這個字。昨天壓力大得又不想一個人面對、跑去找雅萍，把零零亂亂的一堆東西說給她聽。說野心和自我要求帶來的壓力，說和男人競爭的人際關係，說自己男女兩性不能協調的人格，說經濟的困擾，說將要和「張老師」分離的軟弱，說對於新攀爬這座山的恐懼。然後被她伺候一個晚上，惹得她眼眶濕紅。真是溫馨的一個晚上，雅萍說「不准你再喝咖啡」，「讓我養一個月，包準你白白胖胖」。大學時代，她最像我在班上找到的親人。她以溫柔姊姊的方式照顧我，帶給我最小的壓力，是我最不需要抗鬥就能獲得無條件的關愛，有點像媽媽。

自從前晚嚴來住這兒，和她聊了關於愛情的看法。她的「要把情人留在生命裡當朋友」，「相信人是被劈開成兩半中的一半，這一半不見得恰好是陰或陽，可能各是半陰半陽」，還有她的天真，對「誠」的頑固，感動的深度，對生命的信賴和喜悅，更重要的是她的屬於十八歲的悲傷、痛苦、眼淚。我們一起去「望海巷」看海，我跟她說「如果你掉到海裡，你不會游泳，你會奮力拍擊掙扎，還是安靜地讓自己浮起還是沉？」這段話反而提醒我自己就是奮力拍擊，太用力了自己已經奮力拍擊，太用力了自己往下沉。累，卻反而一點都沒向前，一下下地往下沉。

我得卸下所有那些超載的欲望，我得卸下我那些誇張演出的面具，回去重新踏踏實實地活著，過我所要的喜樂、感動，

帶點悲傷和源源不絕的熱情的生活。我應該配合著自己小
的腳步向前跨，而不是釘個遠遠的木樁用橡皮圈把自己彈向
那裡。我應該用一面澄靜如鏡的心去映照我的朋友們，而不
是跳出來把他們扭進鏡裡，編派個角色給人演。還有我應多
拋下抽象思考的包袱，努力去盛裝活生生的具體細節，只有
對活生生的細節才會有感情。我和這世界和人溝通的媒介不
應該是抽象概念而是具體細節才對。

七月二十日

我很清楚我所要奔向的世界，是一個充滿新的人新的事物，能激發新的感覺，新的創意的世界，我跟自己說過：要去遊歷這個世界，在世界面前做淋漓盡致的演出。

我要瘋狂地去創造，去愛，去學習，去了解，去感覺，揮灑我的這一生。看到鴻鴻的詩，村上春樹的小說，吳念真的劇本，十七個新銳攝影家的照片，歐洲的電影，新音樂，超現實畫派，還有人本心理學和存在主義哲學，這些都激發我想創造的慾望，我今生必定要是個「創作者」。

但我的生活能力太差，我不能有效地管理我的時間和金錢，我的時間都被睡眠和壓力吞滅了，這兩件事是我的敵人。

如果我要成為一個好的創作者，我必須要有一個循環功能良好的精神系統和一套強固的生活程序。

這個暑假過得太昏噸，原因在於給自己太大的壓力和作息的不穩定。我既想享受晚上自由讀書，寫作的樂趣，卻又無法在該起床的時候熬起來。

七月二十七日

奶奶出殯的葬禮叫我感慨太多，奶奶的死之於爸爸就像一場儀式，是他心底一塊愛戀岩石的粉碎，奶奶之於爸爸更是一場長達六十年的戀愛，爸爸必須那麼盡心盡力地去辦這個葬禮，只因這是一個他愛戀了六十年人的葬禮，而他得舉行向這個愛戀告別的儀式。

爸爸送我去搭中興號，他騎著摩托車在路旁急急尋找我的樣子，使我深深體會到：（他老了，不久之後我也得為他舉行這種葬禮，在我還來不及習慣沒有他可以依靠的時候），想到這裡我的眼淚忍不住直流，畢竟他是我這一輩子最愛我也是我最愛的人，但是我卻從來沒辦法為他做什麼，眼看著他在葬禮上那麼傷心地哭泣，我卻只能遠遠地站在旁邊看，他是我最愛的人啊。就連這剩下的幾十年，我也得一天在外面漂泊，不敢回家，害怕回家，回家等於是回到垃圾場、墳場和戰場，對於這個家只有無力感。

我得振作起精神，好好地奮鬥，努力地在小說家和導演之路邁進。我得愛護我的身體、我的朋友、我所擁有的時間，好好地發揮自己的才賦，把自己徹徹底底展現出來。

人際關係啊，你是一種充滿想像力的藝術，離開張老師中心，這個時候使我更細致地敏感到各式各樣的人際關係。梅是我的師父，真的是師父，我的一身輔導學的功夫都是她所教給我的，他是我在張老師裡最親的人，那種情感是很深邃的，但我必須壓抑隱藏它，因為那種對師父的依賴情感是私

生的。錫與我是旗鼓相當的兩名對手，不管是在思考的縝密、反應的快速、口才的敏捷、自我的要求上都是最能與我匹配的人，但他太粗魯傲慢，且有種必須畫地自限，強迫別人照他的規則交往的奇怪防衛方式，所以我就放棄了對這個「同志」的關注，但今晚他卻反而凝凝地等我到班結束，他或許是想跟我說一些告別的話，或是補償以前他粗心的錯，我卻假裝沒看見，像是對他的懲罰。麗又是我的另一個師父，她教我做人嘩錯音的招節，刺穿我厚厚的甲殼，但是她卻像個嚴厲的師父，令我壓力很大，我與她存在著敬畏與謙卑的緊張關係，之外卻什麼關係也建立不了。曼是我第三個師父，她教給我什是人性，她說：「要做個有人性的輔導員」，然後她敬重我，給我機會發揮潛能，以感性的方式去對待人性和自己的人生，但我們彼此最卻成為最客氣的關係。還有瓊，這個我在張老師最懷念的人，A型的美麗靈巧女人，我幾乎愛上她，她是在L之後讓我最心動的女人，雖然和她僅有短暫相處，但卻擁有許多美好回憶，最後仍必須以永不聯絡做為終結的。還有許許多多人，正式離開張老師，我會永遠記得這段經歷。

八月二日

這個女人此刻正聽著〈卡農變奏曲〉，我這個階段的生命基調可用這首曲子做代表。對於她，我知道她是適合做我的情人的，但我卻不再像從前那般熱情。也許又是自卑感，要我去和一個成熟的男人比較，我算什麼，況且若我真的愛上她，勢必得和她心中對那男人的愛戀競爭，可能又得面臨被嫉妒連根刨起的噩運。

而我自己也實在害怕又得掉進的新循環裡，因為我想開啟新的人生，我想走進一直被關閉通往另一半世界的門，不要繼續這種絕望又陰森的遊戲，我要快樂地活著。

八月三日

我果然喜歡上她了。我的腦裡想的幾乎都是關於她的事，這樣的狀況使我衝突且緊張不安，內心產生強烈想去追求她的情欲，不知道要持續到什麼時候才會平息下來，恢復正常的關係。

我想自己是太禁不起女性的誘惑了，情欲太強，加上對於這種欲望的禁錮太重，所以一旦受到誘惑，就嚴重地騷動起來。關於女性的愛欲像鏤刻的意象，時時在我心底黑暗的角落叫喚我，像一頭獸，在我早已忘記時告訴我在渴望女性。

經驗告訴我去追求她沒有好下場，她不會愛我，而我將又落到相同的屈辱感中。不但要失去一個好朋友，且要丟掉現在令她信賴依靠的優雅、游刃有餘的態度和地位，最壞可能是在嚴重挫折下逃開她，然後她在我生活中成為一個新的罪惡的印記。

無論如何，我得清淨下來，面對深處關於情欲的衝突時，做抉擇需要的不是痛苦就是信念。

八月五日

每次回到家，就隱約有種歸零的感覺，讓自己回復到最原始，那麼長大後所有的記憶都很荒謬，那些人來來往往也都消失得很自然。在剛剛荒漠般的夢裡，我還記得那種寂寞。

告訴我，人與人的關係應該是怎麼樣？

生命在此刻又轉進了另一個高潮點，過去三年大學生涯所累積起來的元素：L、心理系和輔導工作都宣告結束，轉進全新的視野。事業上面，第一事業：小說寫作已克服了初期的艱困奮鬥，爭得一個地位了，為自己鋪好路後，剩下的就是持續一輩子的努力與成就的累積了。第二事業：影視創作仍在起步，必須先從累積影視方面的人際資源著手，然後在編劇上面鋪好和小說相同的路，在出國前先接觸好相關的實務技術，準備出國去。

在出國前必須做好的是：讓四大出版社之一出書，作品能打入三大報系，能為固定管道寫電影劇本，拍攝出能申請學校的電影作品，法語學到高中程度，熟習基本的電影知識技術，有機會了解台灣的社政環境，獨立進行環島旅行，然後發展和異性完整性愛關係的能力。

尤其在出國之前必須發展好生活和感情兩種能力。生活上我必須建立起一套功能健全的生活秩序，這樣的生活秩序足以照顧我一般健康的身體和精神，使我產生足夠的生活意義，且能在我陷入窒息感時能調節，使得生活維持在一個幸福的水準上。

感情上，必須能讓別人進入我精神裡，像照顧親人般地愛著一些人，覺得自己是和很多人一起活在這個世界上。我得常常提醒自己：我不能受限於有形式的愛，不能被誘掉進情欲與獨占的愛裡，而是要不斷擴張自己愛人的效能和深化人與人的精神關連。

獨占的情欲就像一把雙面的利刃，一面令我對人情的柔軟與感動都如刀面般鋒利，另一面卻讓不能獨占的所有可能切入我生命核心。這樣的情欲可以填滿我心中最寂寞的角落，使我活在一種濃烈的存在感裡，但全部被喚醒的欲望，也將因來不及滿足而吞噬我其他的精神功能，成為一顆淪陷於欲望的心靈。

八月九日

又受到挫折了。關於像小孩一樣天真地去愛別人。人心裡為什麼會有一個想像小孩一樣愛別人的部分？那個部分會使人變得像水一樣脆弱，使人滿心傷痕，因為它是像海綿一樣渴望別人天真的愛。但那個部分是不能使用的，它使人喪失人的尊嚴，使人沒有能力堅強地面對人與人間的衝突，會沒辦法在現實裡採取善待別人的事。

每當我受到挫折，總要想到你開朗的笑，還有去年暑假每天下午到你家你做飯給我吃。關於你，有太多令我感恩的意象，鑲嵌在我大學三年裡，累積成為我很大一部分幸福感，我大學這四年最大的財富就是能交到你這個朋友。

妹妹，人與人總要分開的。無論產生多大撞擊，關連多深的人們，即使連你這個最好的朋友，我們也總會失去這樣的關連。我好累哦，人與人之間是如此徒然，而我卻還要讓自己「努力」去與人建立關係，「努力」去愛別人。這次的挫折又提醒我總要一個人去面對最深的痛苦，人與人總要分開的，彷彿使我進入較清醒的真實感裡，那就是孤寂。

關於欲望是什麼東西，我們從來沒搞清楚過。欲望是個很可怕的東西，它使我們掙扎著痛苦一生，但我們要的不只是欲望，不是嗎？如今，我又長大一點點，更了解欲望的可怕。

妹妹，我又想起我的「前妻」，由於最近這個女人，我才明白我是多麼陰狠的人。我的絕然離開是一件多麼殘忍的事，是集中全力要徹底擊潰她的報復行為。我是多麼用力在傷害她。人與人既然彼此相愛，為什麼要如此對待，我竟然不能明白她這三年來對我的意義在哪裡。

八月十五日

連續快三個禮拜什麼也寫不出來，心裡好痛苦。從〈柏拉圖之髮〉寫完後就開始苦悶，覺得寂寞得惶惶不可終日，彷彿從一個繃緊的張力中心虛脫掉，一切都是鬆弛的。然後又搞上那個女人，再度引發我的心理衝突，很快地我又因需要創作的緣故，必須強迫壓抑這種情欲，產生不小一頓混亂。接著得過正常的上班生活，自己彈性的空間少了，根本無法轉個身寫任何東西。

八月十六日

弗洛姆說：「愛是一種關懷別人快樂與安全的能力。」我問我自己：我還想愛嗎？我想答案是必須，活著裡我想最核心的問題是人與人的關係，而人與人的關係最關乎生存的是愛與被愛的能力，這個字就像人活著一切動力的總開關，人活著真正需要的是全面而深入的愛，但能產生如此結合的愛本身就是一種能力。

最近我在想，我還是要去愛，但我要的是沒有痛苦的愛，我相信可以做得到，這是一件充滿創造性的任務。我年紀還小，不知道如何自然而然面對欲望，欲望也無法在足夠的經驗中消耗掉或獲得自動控制，所以似乎除了壓抑和不顧一切宣洩外，沒有別的方法對付它。一切的痛苦都緣自欲望，只要引發強烈欲望的誘因出現，就必定伴隨強烈的痛苦，最後受不了，只好逃開。

如果我想去愛人，首先必須解決自己的問題：無法被愛，扮演強者的僵化角色，過度謙卑的方式，從對方眼裡看到自己的自卑情結。

八月二十日

離開心理學後，我對於人與人的關係最後結論幾乎是絕望了的：人與人總要分離的。即使相愛再深，只要分離的時間到了總要一刀砍斷，然後獨自向前活下去的。

老姊快要跟男朋友分手了，眼見她即將承受如此大的挫折，我實在很心痛，她是我在這個世界惟一的牽掛，她要是活得不好，我就沒有勇氣承擔我自己破碎的人生。

想起失去了的經驗，那是多麼大的難堪，與自己心愛的人切斷關係且永遠分離，人世間最大的痛苦也不過如此。告訴老姊要冷靜，不要為了一時的痛苦和自尊受傷而放棄自己心愛的人，這一點是我無能做到的，所以我得終身承擔這種後果。

我就是很悲觀地覺得除了親人外，任何人包括愛人和朋友都是隨時要像塵埃一樣消失的。我告訴自己：（沒有任何人能占有別人，每個人都是自由的，甚至連親人也是各自有命運和痛苦的。）這個世界的結局就是這樣，人與人都只能有短暫的相遇，在這段相遇裡會發生什麼事就全看人如何把握，那是能力加上機運的問題，還有能不能很有彈性地看待與一個人的關係。如果可以契合的人相遇了，卻不能珍惜所共有的時間，那就是自己放棄與人發生意義的權利。

我決定要放棄心理學所提供改造自己和命運的技術，想要誠實地做自己，忠於自己的感覺，即使這樣的自己和感覺會使我在世俗生活裡不幸。雖然這樣的不幸曾為我帶來過無法負荷的痛苦，我曾發誓再也不能用那樣的痛苦來拔害自己。我曾判定這世界的法則就是我只能追求世俗生活，超出世俗的渴望是我無能追求的。

無論愛或不愛一個特定的人，我必須維持自己生活系統的平衡和意義，不能為了任何人放棄自己的生活，所以如果我愛一個人用的是會危害生活的方式，寧可放棄愛這個人。

由於我認定人與人的關係是自由，非占有的，所以我必然要承擔輕易分離的悲傷。因為我就不會認為長久忍受人與人間的傷害、醜陋、不了解、無意義是值得的，姊姊說得好：「願不願意再忍受更多的痛苦是值不值得的問題」。我暗暗覺得人與人間總有瞬時關係的「傾向性」，這傾向性決定於兩個人的人際和心理環境變化，一旦傾向性愈來愈明顯後，就沒必要去強求了。於是我傾向於放棄我原本所能擁有的關係，這種放棄所換得的是我的自由。我發現要我去忍受不能和諧關係的痛苦竟然大於與愛人分離的痛苦，忍受與一個朋友疏遠的相處竟然還不如與他斷絕往來，這是為什麼呢？

八月二十一日

這樣的一天是標準安定的一天，早上去上班，踏踏實實地工作：和兩個病人晤談，中午聽閱讀報告，下午又和學姊談天。回家小睡後，到夜市採購，吃晚餐，洗澡，然後做功課，十二點睡覺。上班族的生活就是這樣，如果每天過的都是這樣的生活，也許情緒變化會很少，安定性很大，但是我真懷疑我還能寫作嗎？會不會因為機械化的生活而使我對於生命的想像力窒息，在一個大小範圍的圈子了，沒任何需要冒險的流浪感，自我所受到的衝擊也很少，不會在精神上散對出光彩。

從暑假開始就被一股創作的任務感這逼迫著，匆匆忙忙趕完一個月的日子，留下攝影作品和短篇小說，接著又進入不自由的一個月，無法習慣所有的時間都不是我的，一事無成的壓迫感勤緊我的脖子。這段期間我幾乎都沒獲得什麼啟發和成長，每天都會促狠狠地趕完，糟蹋過一天又一天，彷彿每個日子都是打翻顏料盤或來不及塗完的畫布，每晚都帶著愧疚和狠狠躲進睡眠裡，然後隔天清晨又懷著憂懼被不甘心地喚醒。一天裡二十四小時，真正能有足夠精神和集中注意力做事的時間不到四個小時，其他時間不是疲憊地拖過，就是感覺麻木地機械化應對過一些任務。我已經有好長一段時間精神胃裡，以一種喘氣老狗的姿態在創作，沒有蘊生出什麼生命主題使得我衝動著想去填補思想，與人之間的交流愈來愈傾向一套自動化控制系統。這些傾向都是我一輩子要對抗的。

八月二十三日

剪掉頭髮，帶給我許多莫名的恐懼。到底是在恐懼什麼我也不知道，恐怕是害怕世界認出我非法的身分。一時之間頹敗得很厲害，不敢張開眼睛面對世界，覺得有太多我承擔不起的責任，身為一個人有太大太大的無能了，連扮演好自己的性別都做不到。害怕自己永遠都要走這條悲哀的路，再也沒有第二種人生的可能性。

八月三十一日

龍說：「要讓世界在你面前停止下來，不能任由自己的感覺麻木掉。」今天上完班回家竟然還很有精力，於是心情寬闊地吃飯、看報、洗澡、做家事、和怡安聊天，一點都沒感覺到孤獨，且在洗澡時還想到為什麼自己不讓自己過過從容的日子呢？像這樣回家後的時間隨自己支配，愛做什麼就做什麼，不用趕著自己完成什麼，用心體會做每件事的感覺，這才是「活在此時此地」的活法。

過去總是活在一種顛沛流離的感覺裡，沒有家，總是在飄泊，主要是情感上的空虛和傷害，從一個女人身邊流浪到另一個女人身邊，從一個地方逃到另一個地方，身邊的人不斷地變動，結識一批人之後又與這批人完全失去關聯，我的生活裡似乎沒什麼不變的東西，我的心狂亂地震動著。過去總是在追逐成就：工作的、學習的、知識的、人際的，另一極則是逃避孤寂，用追逐成就來填補逃避孤寂的時間，我知道每當我愈感覺到孤寂時就愈需要用盲目追逐成就感來填補。我愈來愈害怕孤寂。

這個階段，尤其是今天，應該算是我心裡最乾淨的日子了，時間把我心裡最痛苦的對兩個過去戀人的依賴治癒，她們兩

個對我的傷害，我對她們的失望由於記憶愈來愈差，已幾乎失去印象。還有過去長長的失戀悲傷期，最核心的悲傷是我總覺得兩個心連在一起的人被硬生生撕裂了，我的存在依附在她身上，我全部的眷顧和意義都集中在她對我的感情上，所以撕扯開我們是一種該死的殘忍，我的心中累積了多少孤寂，就能對她們產生多少思念，而由於已經分離，所以思念就轉換為悲傷。而孤寂的產生是由於距離自己所幻想出來的「想要被愛的理想」很遠，相差有多少孤寂就有多少，而難以控制要去愛別人的「衝動」也是由孤寂轉化成的，所以基本上那種對別人的給予都只是逃避孤寂，換取別人填補愛的空缺所採取的替代手段。

佛洛姆說：「衝動著要去愛不是愛。」

九月四日

這幾天常夢到有關性的心理衝突，覺得自己心理很軟弱，總是非理性地渴望著女性，受著女性的誘惑。還夢到國中和高中的情人，夢到以前被她們所戀慕的情景。她們都是被我所放棄的女性，想起他們的一顰一笑覺得不勝欷歔。我為什麼會這麼渴望女性呢？卻又非常恐懼在別人身上看到和我相同的角色。

愈來愈發現自己強烈地認同父親，所以想像父親一樣去照顧一個年輕女孩，這好像是我根深蒂固的渴望。

又得獎了，第二次得到大獎。心裡覺得很空虛，沒有人能和我分享心裡的滿足和榮耀。想哭泣，心裡好寂寞，每個人都只是給我一些表面的讚揚，然後繼續從我這裡榨取一些我所能給予他們的東西。在這個點上我愈發體會到從來沒有人關心過我的喜怒哀樂這項事實，也沒有人真正了解過，我需要被關心。好像我原本就應該表現得那麼好，我原本就是應該扮演一個給予和被依賴的角色，我的「優秀」似乎成了我對他人的責任，表現不到這個水準就要受到別人失望和拋棄的懲罰，沒有人真正感受過我為這個「優秀」所付出的代價，他們從來沒去了解過我在那些「差勁」的時候所承受的痛苦和屈辱，沒有人願意去看並且安慰那時候的我。

害怕人，害怕這個社會，它只是製作了一套規格，要求我要鉅細靡遺地符合標準，任何一項適應不了就要受到懲罰，除了是否符合它那無關痛癢的標準外，它完全不關心人的內在發生什麼事。它的唯一運作目標就是人能像機器人一樣地「標準化」。

好想打電話給L，我想在這個世界上到目前為止她是唯一一個和我一樣在乎我的人，她曾把我當成她自己，她讀了我的小說後哭泣著說「她愛我愛得好辛苦，都不能做自己」，她說我寫的東西她都要讀好幾次，她說她讀了〈囚徒〉後一切都懂了。唉，不過這些都過去了，我在她心目中已有全新的定位，我生命中一切不再與她相關，我的喜怒哀樂，我的感覺她已不再在乎，她只變成了我旅途中最熟悉的陌生人能了。我所能渴望的是延伸過去的她在我心中銘印下的印記，想像與那個她對話和共享榮耀，幻想著和她結為一體融在同一種感覺裡，被她以柔情安慰和欣賞著……。

九月八日

這兩天發生了好多事。昨天結束精神病院的實習，因為那裡的人事而感動不已。又是一次分離經驗，雖然有機會作完整的告別。今晚又和影視班的組員聚會，彼此終於把內心的憤怒、失望都表達出來，展露出一種歷經小小擦傷後又相濡以沫的貧窮安慰來。使我有特殊的悲喜劇感覺，想想我的人生最多不就是這種感覺。

不知道為什麼總要與女人分離。內心貯藏了大量與女人分離的悲傷，且總是要自己作永遠的分離。我知道我強迫自己離開她們，是因為我太愛她們了。我想和她們在一起，但我不能讓自己這麼想這麼做，因為她們不會給予，我所要的愛的。我沒有好好地跟我生命中重要的女人告別，我總是趁著月黑風高的夜晚逃走，而她們不知道我心裡積壓多巨量的痛苦正爆發開，她們熟睡著，且永遠不會知道，即使再重來一遍。

我愈來愈清楚我的內心深處渴望的是一個女人，一個溫柔的女人來依賴我照顧我。因為可能正如Gestalt所做的個案：我的靈魂就是一個女性化的男人。我真想承認這就是我的真實感受。女性和男性對我的吸引力簡直是天壤之別。二十年來我沒對任何男人生過一絲愛戀，但卻對不計其數的女人產生強烈的愛戀。我終於比較明白我是在尋求我的另一半陰性靈魂。

我的男性繼承自父親，主要是他的自傲及成就動機，但是他的負責、認真和穩重卻是我沒學到的。而我卻一點關於女性的性格都沒學到，我常和她對話的女人是一個能誠實表達她的情緒、溫柔地關懷我的情緒，且能同時照顧和依賴我的人。

後 你想對她說什麼
你最喜歡的女人
是誰的女人

九月十日

從上星期六（9/8）晚上到現在，本應乖乖寫劇本的，但不知怎的，反是發瘋買了一堆古典和新音樂的錄音帶，然後看了陳玉慧的法國留學筆記，又看了「水晶」的新音樂訊，關於藝術的熱情又被激發。

陳玉慧說：「我常想我可以在任何一個城市活下去，但大概都住不久，這是不是我的病？我不能安定，一個瘋狂的人，我有時也覺得痛苦，在一個地方住一住，結交了一些好朋友，有的一輩子大概很難再見一次面。」

（我可以愛上任何愛我的男人，如果他堅持到底不惜一切，我很少遇見這樣的人，但我的確愛過一些男人，我一定瘋了，我不知道為什麼我愛過他們，每次離開一個男人時總是說不再愛了，但我不停地撒謊，對自己。）

我想這種「不安定的靈魂」也正好是我的寫照，我知道我真正渴望的是去遊歷這個世界，經歷新的人、事、地、自我，並且在世界面前作淋漓盡致的演出。想起我勢必要走進那樣的生命，就充滿了激動和痛苦，我將接近能解放我生命的一切，卻也得與所有造成現在我的一切分離，誰也不知道能否這再回來。

貪婪地吸收藝術的知識和感覺：文學、戲劇、電影、音樂、攝影、乃至於美術、舞蹈，還有純知識的欲望：心理學、哲學和社會學的，這些都不是最重要的，最重要的是我與我自己、我與人、我與我的生活「場域」的接觸深度和品質，我真正需要的是能感覺到自己在「滾動」和不斷地「生產」什麼。

九月十二日

最近最後一次對人感動是對學姊，又是女人。我總是逃不過對女人感動的陷落和抗拒裡。那裡是我和這世界的關係中祕密和詛咒的死角。女人就是能讓我感動。到底是為什麼？是因為女人總是那麼純情而脆弱嗎？女人總是專注在一個極小的東西上，可是卻能鑽得很深。女人是慾望較少、靈性較高的人類。女人是美的化身，就是自然而然會想要去珍惜、憐愛她們，像是我就能和她們接合在一起。我的心裡就是有一個中空的部分可以容納她們。她們就是那麼容易激發我的愛欲。

我想起我寫的鄭芝，還有《第七封印》裡的演員。那就是我，我的靈魂是一個渴望被女人愛的小男孩。正如明傑說的可以和自己的孩子一起吸奶。一人一邊。我這一生都在逃避這樣真正的我，誠實的需要。即使有女人要來愛我，也還要偽裝成強壯男人的樣子來躲避，所以我這一生必須不斷去逃逐很多東西，讓我自己忘掉這需要。而那些東西都不是我真正想要的，我用這種迷惑來困擾自己一生。用追求自己不想要東西的痛苦來麻痺掉所有的時間。難道我就要這樣浪費掉自己的一生？什麼叫「生存的勇氣」，是指能拖過一生那麼長而永遠都不必成為自己的勇氣？還是指能成為自己即使只活一剎那的勇氣？

九月十三日

最近讀到關於陳玉慧的留學經過，這是我一個新的想像力，做個演員，跟著有名的劇團到各處巡迴表演，在各國大城市打工賺錢，學習各國語言，導舞台劇，結交不同領域的朋友，和不同國度的男人談戀愛。我的表現必定會比她還好，我已經做到有能力成為一個重要的小說家、劇作家、和準備成為一個電影導演了，而創作是屬於我私下的事業，它是已經爭取到且隨時在累積的成就，至於導電影的機會可能可遇不可求，一生只要導個嚴重的五部戲就夠了。所以在像牛一樣不斷創作和極偶爾拍電影之間仍然必須做些什麼，不斷讀書和了解社會是最基本的義務，除此之外玩相機、玩個人電影，演戲，導舞台劇，甚至跳舞，搞樂團都可以做，這之外還有三種工作我想做──精神病院的心理治療師，跑社改版的新聞記者，地下藝術雜誌的創辦人和新文化運動推動者，然後想辦法讀個藝術哲學博士，輔導學博士。我的這一生一定要也一定會比她的充實。

我才二十一歲，我的大學還有一年時間，在台灣起碼還有兩年時間，離三十歲還有九年時間，我得好好使用我的青春。

這一年，我可以走慢點，小說寫三年得了兩個大獎夠了，我應該可以休息一下，然後再進行更驚人的衝刺。這一年是我在台大的最後一年，我得在這一年裡拿到心理學學位，學習法文，磨練劇本創作能力，奠定哲學心理治療基本訓練，完成簡單的拍攝經驗，和一個男人談戀愛。

走慢點，是為了要體會這種最滿足平安的日子，好好體會，可能在死前只有這一陣子能盡情體會這種感覺。在這裡，我

彷彿爬到世界的顛頂，可以大聲地說自己是天之驕子。屬於我的世界是那麼美好。這一年裡，我的家人都愛我滿意我，我台北的窩美麗又溫馨，我的經濟富裕，我的成就超過我的年齡，我有一群照顧我尊敬我的朋友，生活中堆滿了我想做的事，我內心鼓脹著愛人創作學習的熱情，套米勒的話就是「既回到家又把外面當家園」，人活在這個世界最好的境界也不過就是如此吧？

關於愛人，這是我短期內最大的課題，或許只有「誠實」這個東西能解答，而這幾天我沉靜下來，竟慢慢發現到我誠實的可能性。

現在聽著Bread的〈If〉和Don Henley兩首歌，這都是以前高中時代聽過的，但卻在今晚才感受到它們是多令我喜歡。同樣的，我突然升起一種直覺，我生命到目前為止一定有許多人一直在愛著我，而我竟沒覺得，不然我怎能活得這麼美好？老爸和老姊是我一直能感覺到的，另一個也許就是L。我相信她是愛我的，正如我也是持續地在心裡愛著她一樣。人又不是禽獸，被一個人用力地愛且自己也曾那麼用力地愛過後，總會堆積在那裡的，不會輕易就消耗或蒸發掉的。只是形式會改變，愛的能量還是在那裡，起碼她會把我當成她的孩子來愛吧？

L，我一直在成長，我一直在世界的顛頂前進，我一直努力去實踐我的誓言：要在世界面前進行淋漓盡致的演出，有時真想讓你看看較成熟美麗的我。不知為什麼，我出現在你面前的樣子會是那麼粗暴、陰霾、俗氣、虛假、醜陋，說不

出來有多麼惡那個我，我，我不只是那樣的，我的靈魂是溫柔、善良、細致、高貴、真誠的，有時候我甚至像個嬰兒一樣純潔呢。你也是，為什麼在我面前要表現得那麼壞呢，彷彿我是十惡不赦的大仇人般待我，而你在我心目中卻一直是像個純潔的嬰兒般被我保存著。或許我還能居住在這世界上，就是因為還懷抱著某些對世界信任的信仰吧，而我也信任你能繼續以嬰兒的姿態在這世上生存下去，而不需遭到任何破壞。由於我這麼信仰著，所以能很放心地離開你去遠行，我告訴自己總有一天我會回來的，但其實是不敢回來的，我不知道一旦你遭到破壞我要怎麼辦？我勢必要離開你的，因為我不屬於你那個田園般安謐的小世界，我太好奇太不安定，而這些都不容於你的小世界……我離開你，我可以放心，照顧可以信任你，保護你，你會和別人繼續住在那個田園裡，於是我不用擔心，只要相信你會永遠幸福快樂，就夠了。

我的生命裡有無數重要的意象，它們都以我不曾料想過的重量凝結在那裡，我生命迴廊中的某個特殊轉角。但是我從沒跟這些意象裡的重要人們告別或道謝過，我就是憋緊嘴賭氣地任他們滑出我的迴廊。我難以估量我到底有多愛他們，可能貯存有原子彈般的力量，我把他們都拋出去，然後再一個人懊悔哭泣……。

再也找不到她這麼好的女人了，怎麼辦？

九月十五日

得完聯合文學這個獎後，我的人生彷彿又走到一個段落，這個頓號或句號代表的是我又重新贏回掌握我人生的能力。這是自從我十五歲離開家到如今六年了，當六年異鄉人後第一次跟這個世界和解，又回到十五歲以前被眾人仰望著、昂頭挺胸向前走的感覺。且經過一段時間的顛沛流離，與生命中黑暗的魔鬼纏鬥，幾乎到了要失去所有生存的元素，一無所有的地步，但這一階段卻又反敗為勝，且彷彿又學到更多能立於不敗之地的方法與天賦。我不知道接著戰爭要怎麼打下去，只知道自己更膽小於陷入黑暗中，無論如何再也不要回去了。就藝術創作這件事而言，這三年裡我已從最悲慘到最幸福的境地，這對於幫助藝術家早熟是大有助益的。

今晚又回到員林，總是在回到家時覺得一切都是夢一場。我的記憶也愈來愈差，什麼都是可以擦去的。聽著陳淑樺唱〈明天還愛我嗎〉想起最後一幕到L家告別，他又因我認定她不愛我而哭泣的樣子。人與人之間的感情令我覺得太沉重了。愛，要如此凝煉、如此自制、如此堅忍。年紀愈大、世事懂得愈多後，愈明白愈是愛就愈是內斂、堅硬、分立、冰冷的。相反的外洩、柔軟、黏合、熱烈就容易將愛量溢散掉。真愛的勇氣就在於忍受諸般的無奈、愛而不能愛、愛而不被愛、愛而分離、愛而死亡。愛太沉重了，要狠下心把孩子推離開家、見孩子獨立再不眷顧你、要忍住對親人的牽掛負疚他鄉、要在親人哭泣時堅忍冷漠、要殘忍地永遠離開愛人、要理智地將愛人推到能帶給他幸福的人身邊、要惡狠狠地在他無法容得下他時趕他走……。要能不因愛人而自傷太難了。

我心底仍只有她可以愛，想封鎖，就維持在這種虛空的幻想裡。她如今變成如何已不重要，未必說的：「我愛你，與你何涉？」而是她在我心中所累積下的一些對我意義重大的片斷，那些提供了我組成一個愛我的人的幻象，而真實的她在一些時刻中是愛我的，但仍不足以長伴我。我要找的是這個幻象，但我累了，沒力氣再去與現實爭奪這個幻象，我寧可她就永遠以虛像的姿態在我心裡安慰我，即使是極輕微的安慰。我實在沒力氣去爭鬥些什麼了。

九月十八日

L，你知道嗎？秋天到了，天氣轉涼。早晨走在街道上，會有想要飄起來的感覺。秋天真好，會讓我想起大一上學期屬於我們的氣味，那是一種金黃色的思念。那時候，天氣好冷，我們從文概課的綜合教室走出來，牽著腳踏車走在椰林大道上，天色好暗，那時還不懂得去牽你的手，雖然後來很懂得去牽你的手，卻反而變得庸俗了。愛情通常建立在天真與純樸上。我已愈敏感於天氣的變化，每次總是在心底跟你說著。

老姊和姊夫鬧分手到了她休克的地步，但卻又峰迴路轉，起死回生；妹妹和阿邊也突然窮途已現，雙方都彷彿已彈性疲乏，欲振無力了。愛情真是年輕的阿鼻地獄。屬於我們的呢？我們年輕的愛情就這麼結局了嗎？

以前我說過如果能完全忘記對你的感覺也是一種幸。到那時候對你的記憶就只剩瞻瞻而沒有負債了。再不必怕見你也不會想見你了。忘記愛你的感覺而能去更愛別人，是幸福的，正如現在的你，那樣的世界不是很祥和嗎？

記得從前亮跟我說：「去啊，去愛他啊，你就活這麼一次欸，假設明天你就要死了，還不去愛他嗎？他不回報，沒關係，就把他當成一條狗，你對狗好會要求狗回報嗎？讓他去結婚啊，就做他的情婦，你要一直對他好，他也沒辦法。」

再忍著點，我一定會回去看你的，但不是現在，我還長大得

不夠。在我們之中任何一個人出國前必定得向你好好告別。這告別是基於對我的恩情，我對你的親情，還有我們共同擁有的那些意象，最簡單的莫過於雅清所說的：「只想看看他，看他過得怎麼樣」，人畢竟是有感情的，不是禽獸。

起碼要做到愛情不再只是審美和熱情，史作檉說：「真正的愛，一定要在一切屬於節制、德性，或超越心靈的培育中，才能獲得它完整的發揮。」要做到能道德和自制地愛，才能回去。沒有想要跟你生活在一起，沒有想要擁抱你和被你擁抱，沒有想要永遠獨占你，沒有想要把自己完全給你，沒有想要被你了解……。

我得去除這麼多欲望，否則回去見你，只是重新找回這些欲望的痛苦，讓我再被這些欲望擊垮，然後再倉皇地逃離你。但這些欲望對我都是非理性的，因為我還沒完成我自己，我必得獨自去流浪個幾年，才能比較明白我是誰，我要怎麼愛、怎麼與一個人長久相處。二十歲階段的我，愛你並非我的全部，雖然那麼熱切地愛你，但我知道我生命裡還有更大部分在渴望飛翔，渴望在飛翔當中能將我從我的框框中解放出來，讓我打破許多禁錮我生命的恐懼，那個框框和恐懼或許就是使我要倚著斷牆走自覺欠缺了什麼部分而無能去愛你，也逃避愛任何男女的東西吧。我需要藉著飛翔畫出一個完整的我，我需要從我內在產生告訴我自己：（我什麼也沒欠缺、已足夠、被允許去愛一個女人了），我需要讓我被束

縛住手腳的心靈被釋放到天空裡去。在這趟飛翔裡，我不惟
信我會真得到這些，也不知飛到哪裡才會得到，但我只知道
唯有這麼做才能趨近它。我愛自由、愛飛翔勝於愛你，彷彿
那是我的天性，所以愛你，你卻遮住我半邊的天空，這兩股
愛欲注定是互相衝突。

明傑說我們老到某個極不純粹的程度，或許又會徹底剝落，
返璞歸真。我期待著我的那一天：天真、純潔、樸素、誠
實，或許唯有返回那個點，我和你才能再相會。

九月二十一日

L．昨晚到今天又連續見了兩個老朋友。所有對於過去記憶的怨恨似乎又減少了很多。幾乎毫無芥蒂地跟她們在一起，那樣的時光是融洽愉快的。我不知道是什麼因素使我變得這麼自在。可能是由於我覺悟到這種單純的人與人關係對我的根本重要性。而我也漸漸傾向於渴望回歸做個天真浪漫的人。也可能是由於我對自己的愈來愈確認，確認自己要在人與人關係中扮演什麼樣的角色才適當，確認自己能成為個什麼樣的東西。

我現在關於我們倆關係最好的想像就是像這麼自在。我想逃避你也就等於拒絕接受我的某一部分現實，這個現實對於我曾經是殘酷悲痛的，但我把你排除在我的現實生活之外也就是拒絕關於你的拋棄我的痛苦記憶。我好像沒辦法接受這個世界是自由幸福的狀態，彷彿一定要製造點分離的悲劇感來使我有逃亡的張力和向前衝的動力。我不知道我在心底是不是真的原諒你了，原諒你對我的嚴厲、冷漠和無知，這次你真的傷到我的心了。我想我多少仍懷著對你的怨恨，以致於一想到要再去接觸這般惡待我的人就要害怕再被傷害。

我希望我能像把你當成朋友般地對待你，不再那麼非理性地愛戀你，不再那麼致命地嫉妒你跟別人在一起。我希望一起看到你們。你和你的情人，我真的得讓你走過去，我不能再繼續活在過去、活在幻想裡了。我的人生只有兩種選擇：正確的深沉的愛情或是道德的節制的孤獨。

欲望不是罪惡的，也不應該被自己拒絕承認為自己的一部分，它不應受到譴責或壓制。但如果表現出欲望會妨礙到別

人，或者在欲望加入關係裡時使我們應尬或互相疏遠傷害，
那這欲望就是不適宜表現出來的，而應該收斂。活著的勇
氣不在於如何解放或壓制欲望，而是在該表現時表現，該
收斂時收斂的勇氣。忍耐欲望不是悲劇，它可能造成殘缺或
痛苦，但這些不是都不可承受的，相反地可以承受得很有價
值，那價值或許是一種純粹、天真的保存或自我珍愛。真正
的悲劇是既弄壞了表現，也沒好好地收斂欲望，讓它在沒容
器時應尬橫流，在遇好容器時粗暴地使它搯毀。

愛情光是審美和熱情是不夠的。也許愛情的起點應是道德和
自制，終結才是審美和熱情。我相信我能收斂我的欲望，因
為過去不能是因為我一直忍懼我不能，現在我不忍懼我的欲
望，也不以它為我活著的負擔了。以前「負擔」的感覺是來
自於對滿足它的絕望，勉強要去滿足它的挫敗，加上自己的
拒絕承認為自我的一部分（一種自我的非法感）。現在這些
都慢慢地緩和下來，我和我欲望的關係在於以最大的彈性來
忍耐它，且以最大的愛心來幫助它實現。

關於對愛情的需要，真的不是樣屬於欲望和強占的範疇，如
果是發源於此，那不是一種珍愛自己的愛情，是應收斂起來
的。愛情是在人能從其他的來源上填補自己的感性到80%，
且能在給予對方中維持在這個水平不至匱乏。是一種對一個
靈魂專注的培育、關懷、疼惜、餵哺它，而專注的前提是在
培育中能產生美妙和諧的共鳴，然後獲得一塊專注的領土，
得以受到安全的庇護和溫柔的愛撫。所謂偉大的愛情就是無
論形體的分合，兩顆靈魂都能一直在這樣的關係裡。

十月九日

L，天氣愈來愈涼了，進入屬於你的十月，我竟從沒想到過它正是在秋天。這個十月真是令我百感交集。它是我所有關於你記憶的源頭。

經過了四個這樣的十月，世界的變動太大了，我已正式被你推出生命核心的事實，我已接受只是你生命邊緣的旁觀者地位，我愈來愈了解，這是事實，除此之外都是幻想。村上春樹說：沒什麼的，就是這樣。每個人都有他生命的自由，每個人都勢必會在他生命的軌道上運轉，誰也占據不了誰。人與人之間這樣才是最自然的。絕望使我不能再悲傷。

嚴肅地算起來，我沒什麼好抱怨的，世界只不過是回到我不認識你之前，而這中間讓我偷得一些與人相愛的美麗悲痛記憶，雖然這些記憶是你給我的，但這些記憶又與你何涉？你只是還原到我室友的同學身分而已，如此而已。

分離算不了什麼的，它分分秒秒都在進行，這是人與人的基本定律。寂寞嗎？寂寞得很，但這必須靠我自己來習慣它，不能呼天搶地的。

在我們之間，不要再談「愛」這個字了好嗎？只要不談這個字，什麼樣的關係我都能適應，因為撇開這個字以外，我什麼人都可以不在乎。但這個字你不能說，因為如果你說你愛我，那我只能恨你了，因為你沒有資格對我說這個字，因為你竟然這樣惡待一個你所愛的人，這算什麼愛。再不原諒你。

但我卻是真真確確地愛你，所以能恨你。

此刻，我已想像不出來有什麼生命比現在更安全更幸福的了，我太滿意於我這樣的生活。

主要是此刻，我與我自己、我與人、我與世界的關係都在一個高速滑順的階段，我終於發動我的潛能一點一滴清除堆積在心底的垃圾，然後長出一個乾淨清新的自己，重新界定自己能怎麼對待自己，我也慢慢趨近找到一個既能提供我足夠養分又不致於牽絆我欹傷我的人我分際，然後我也靈活地結合了我的能力和生活態度，在世界面前實現了部分的我自己。我希望我活在世界上沒有病痛的日子裡都能維持在這樣的生命氛圍，所以必須記錄下一套能過這種生活的方法。

對人與人關係的徹底絕望，習慣忍耐對這樣幻想的視而不見，如此竟是我在這個現實世界落地生根的起點。人在這整個生命的過程中竟要一路地釋下與生俱來的關於世界想像的分基模，學習改裝整套基模到吻合屬於他的現實，那也是他所分配到的世界，最後人慢慢地落地生根，與他的現實結為一體，於是截肢斷足，從此失去擁有超出現實的幻想權利，這就是人墜落於現實的過程，所以卑賤之人成為卑賤、低俗之人成為低俗，罪犯之成為罪犯。

人在生命的過程慢慢形成他的現實，成長之路即是學習到所有的現實而斷斷所有幻想的過程，這過程是人前半生痛苦的

軌跡。而等到人完全習慣了他的現實而免於幻想的痛苦之後，這現實又能成為腐蝕精神的死水。人又得開始學習忍受超越現實的痛苦，那可能就是逐漸趨近死。

所以我很喜歡那句話：「我這一生不在學習如何生，而在學習如何死。」

我對於世界的恐懼已愈來愈少，我想最大的恐懼莫過於去愛一個女人。我已愈來愈明白「去愛一個女人」就是我的密碼，是我與生俱來的最大幻想。若要在心裡頑固地懷抱著這樣的幻想可能致我於死。所以我只能偷藏著這個幻想，恐懼著自己超出現實，真的成為幻想中的那個人。我恐懼著成為我自己，因為「去愛一個女人」對我幾乎就等於「死的密碼」。

十月十二日

昨天傍晚心病下課，學長像個小孩般把他的書拿給我，然後兩個人像一對親密的朋友邊走邊講著一堆話，那種意象現在竟使我想投在裡面，我才知道我愛著這個人。那種愛不是愛情的愛，而是深受這個人的真誠、善良、純潔而感動。跟這個人無法長期在一起，因為他身上沒有我所要的熱情。我對他也沒有熱情。那種熱情是兩個人的電流可以接在一起，而不是兩個封閉的系統。很想跟他講：我愛著他，但是我在心中卻拒絕了他。因為挫折，因為失望，不知如何對待他。

國慶日時讀了莒哈絲的《情人》，且又看了《火炬三部曲》，心中激動不已。離L考完GRE的日子還有兩天，離她的生日還有一個多禮拜，離她在聯合報上看到我的名字還有半個多月，這些日子我都得一一熬過去。

關於我與她之間的關係，我實在不知道該如何看待：我該繼續地愛她，然後等到有一天她回到我身邊跟我生活在一起，還是逐漸在心裡淡忘掉她，讓別人取代她的位置，永遠不要再對她有任何幻想。

眼前能怎麼樣呢？出國及出國前的這段期間不可能生活在一起，我也沒有機會和資格向她說我愛你，除非我和她能做朋友。至於怎麼做朋友，起碼我得克制我的愛欲。我不能想從她那裡得到什麼。只要和她一直保持生命的關聯，也不能把她當成我自己來愛或渴望被了解。只是保持一種外在的關聯。

看完《火炬三部曲》，使我突然萌生想和阿諾、阿倫一樣，向一個我所深愛的女人求婚。然後我們共有一個家，我們一起工作、娛樂、煮飯、做愛，我會買下一輛車、一間小房子，然後我們會養一條狗，領導一個小孩子（或是讓她去和別的男人生一個），我們要生活在一個能接受我們的地方，我們要共有一群愛我們的朋友，我要向全世界宣布她是我的愛人。我不斷地寫作、拍電影或做些其他事，她陪在我旁邊，喝咖啡、聽音樂，她躺在我懷裡，我們讀同一本書，我們交換感受的眼神，我告訴她我的創作進度，然後我寫作她在我的懷裡睡著了……。

這樣的一幅圖難道就是我幸福的全部？它不會是靜止的，它一定是走進鏡頭又走出鏡頭的一種東西，而生命的過程就是等待它、迎接它、讓它對人、眼見它離開，在失去它後要哭泣，真正不變的是什麼呢？或許是一種親情，一種人與人間深刻的生命繫屬關聯。

我自己得努力成熟，得進入人與人關係的核心作體悟，那裡才是永恆歇息之處。我要成熟到能為一種人與人間深刻的繫屬負責，我要成熟到能負責好規畫、控制、平衡自己的生活，我要成熟到能容納另一個人進入我的生活且承擔起她的一切，我要成熟到能在情緒上平等地去愛一個人，我要成熟到能接納屬於我的一切內容：（我有一具女人的身體，我有某些女性的特質：溫柔、細致，有些時候我甚至喜歡把自己

裝扮成一個女人出現，我也會某些程度地喜歡男性，我確實無法保護一個女人。最重要的我對女人的身體有親密的欲望）。我要成熟到能自由地收斂或發散自己的愛欲，我要成熟到能允許自己所愛的人去結婚生子愛別人而繼續愛著她。

十月十三日

今早遇到兩個朋友，在那樣一個風大有點蕭瑟的早晨，就坐在文學院門前的石椅上，三個人像在品嚐著什麼一樣，隨便聊著，忽深忽淺，忽片斷忽長篇大論，那樣的場景，令我印象深刻。

L，愈是接近你，愈是忽權我那追求幸福的欲望，好像那個幸福的意象就離我愈來愈近，愈來愈清晰，就好像鐫刻在我心底，我彷彿不能抗拒它對我的誘惑，又想投進那個地獄。但我明白那幾乎等於死亡。沒有勇氣追求幸福，那就等於悲劇，等於死亡的密碼。

力氣全失，什麼都不要再想了，我所想要的不是幸福，只是一種幸福的想像。幸福是什麼呢？幸福就是忽權幸福。離開這裡到另一地棲息吧，我所想要的通常和我要得到的是不一樣的，努力把這兩者區分開吧。離開這裡，也許什麼都得不到，也許得到的更多，起碼得到「可能」，就是可以活下去。不離開這裡，可能就凍死於一種美麗的幻想裡。

是勇敢是懦弱？是勇敢是懦弱？如何作正確的選擇？關於人生的正確選擇，不是像心理學一樣了，有「一箭中的」的選擇，選擇通常是帶有悲劇性的。選擇了最圓滿的選擇，也就沒任何餘裕了，隨便退那麼一點便是斷崖。

絕望也就等於是自由，忘掉過去那個人吧，忘掉阻擋在我心裡使我不自由的那個人吧。「一隻腳不能第二次踏進同一條河裡」，我不能想要再踏進同一條河裡，那樣的「想念」使我的世界不斷倒帶倒帶倒帶，停滯不前。

我說要嚴肅思考人與人的本質，我到現在還不知道那種本質是什麼？本質應該是不在一些會變的東西上，所以應該不受到「一隻腳不能第二次踏進同一條河裡」的影響，我在不變，我所愛的人也在變，什麼是永恆不變的繫屬呢？是一種「強烈的直覺」嗎？這種「強烈的直覺」是有某種特定的條件的，人跟人之間的永恆繫屬難道決定於一種「強烈的直覺」？且是被決定的？

把她的信燒掉吧，讓這一切離開我的體內吧，這是「直覺的瞬間」。

十一月二十日

我繼續斷食。在這之前並且我封閉了一座園

因為直到祭日時她仍然沒有回來

我便封閉了園子。並且封閉了她所有可能

漫遊的路徑

關於她：源自我心念深處的一叢絕美的分枝

我已經準備放棄……

我必須為我的美麗付出極大的代價，代價高到甚至是在最深
的寂寞裡穿越時間刺向死亡。

這種美麗的條件在愛裡展現的是「銳利」，銳利地收斂和發
散，銳利地收斂愛欲，使劃過傷口的速度超越死亡，銳利地
發散愛欲，精準、致命，絲毫不浪費多餘熱量。發散後收
斂，收斂後再發散，這才是藝術家完整的愛情；面對死是封
閉的，面對生卻是開放的，流動。而調節收斂和發散的樞紐
是銳利的寂寞空白，控制的主體則是保有完整強固自我的銳
利性。

我不知道我能從這人生得到什麼，可能是恐怖的失望，但此
刻我已明白我需要痛苦，需要愛欲，使我愈美麗愈成熟，卻
不要陷入痛苦或愛欲任何一極被控制，任不自主地生病或強
迫性消耗生命力的毀滅之路走。無論如何我要保有自我的自
由，那種自由是我可以決定我的態度和我的選擇的自由，我
從人生得到的可能有一個外在於我的對象，但無論這對象採
取任何對我的態度與選擇，我所獲得的必須是從我自身生命
發出的，對象的回應方式即是我的現實我的命運。「現實沒
有錯，錯的是理想」，我能從人生獲得的是相對於這個現實
運施我的自由，而從我自身生命裡形成我可以欲且我欲的真
實。所以「自主性」是最寶貴的，必須能自主地修正人類集
體潛在於我的欲望形式和想理想幻覺，創造出屬於我能自由運
作的欲望理想結合體。

十二月五日

我已經整整兩個禮拜沒記日記了。兩個禮拜前為了準備期中考咬緊牙關生吞那些可怕的講義。就在考試的前幾天，機緣巧合，我搖身一變成了影視班末期電影製作的導演。然後邊咬緊牙關考試，邊馬不停蹄地奔走劇本，前製作業等事務，總算死裡撐過來了。結果考試完又緊接著展開忍術的拍攝作業，連續一個禮拜日以繼夜的工作，把我的精力和承擔力壓榨到極限，總算拍攝告一段落，剩下的直到月底前仍有後製作業要完成。這個二十一歲算對自己頗有交待，十二月底推出第一部打著自己導演名字的電影，一月第一本小說集也要出了，大學畢業等於讓自己豎立了兩塊旅程碑。

但是很空虛，很害怕。如此繁華，以後怎麼辦？何以為繼？還要再怎麼辦，還要去追求哪一塊狗牌子？如果沒有屬於我的狗牌子了該怎麼活下去？而壓力這麼大，神經這麼緊張的日子我還要這麼過下去嗎？為什麼我非得把自己逼成一個工作狂，非得把成就當大麻吸才活得下去？生命如此空虛？

可憐的 L，我又覺得累、絕望、寂寞、空洞了，又想悄悄離開，趁她熟睡的時候，彷彿這幾種感覺就是我們之間的主調。永遠都是我伸手搆不著她的手，她伸手觸不到我，兩人之間無燈可點亮，只能在黑暗中對話。我已漸漸長出一個成就男人的樣子，她的天真、不諳世俗規則、好玩稚氣，都成了傷心我的材料。她永遠趕不上我成長的速度來了解我，她永遠無法觸及我的深沉和我的需要。她沒有能力給予我什麼或來愛到我，只能被動地做我生命之外的旁觀者，然後在我腳下的草原上和她的玩伴嬉戲，我也在她生命之外觀她嬉戲，直到逐漸寂寞、枯槁。我永遠等不到她長夠大，我又何苦強

迫她長大呢？她不能當我的神，不足以當，我不應該把她供在心中，我只是害怕沒人可以愛那種大空虛罷了，害怕到最後就縱容自己的軟弱，演變成救不掉的壞習慣，讓自己偽裝成一個嬰兒被收容被撫摸，如果這樣繼續下去就誤解了自己和別人的可能性，這是不誠實的。

我應該勇敢地站出來面對生命的虛無，生，是活在虛無裡大肯定的生，連虛無都不怕才是真「無懼」，虛無逃避不了大的，它是生命的本質，有是無裡的有。無神之後生命真的是大段絕緣嗎？也許是，那也是我原本該承擔的，也許不是，我得用供奉神之外的方式去對抗這大段絕。我不能要找個人來吸收我生命深處的寂寞、疲累、悲傷、恐懼，這些我得自己啟微笑著擔待。

還給L本來的面目，她只是一個為我所嫉妒的小孩罷了，她不是我的神，她也不能陪伴我，我更無法陪伴她。我最多只能像朋友般陪她說話，不能再給她任性的愛情了，那是誤解彼此的可能性，但也不再是過去激烈的消失法，而是慢慢互相遠離，逐漸蒸發得無影無蹤，沒人察覺的。像C，我希望她也消失在我生命的無邊境，我應該可以向我的生命暫時告假。

十二月八日

L，我決定取消你在我心目中的位置，取消我自己強加諸你身上的幻覺。我漸漸覺得無力且無聊了，你直到現在仍和我在玩的遊戲，令我傷心。我怎麼會愛上你和我差距如此大的人呢？你的世界、你那個裝不進我一根手指的世界，那個從來不曾給我什麼的虛幻世界，我慢慢任它自我皮膚滑落了。我不再覺得悲傷，明白它只是一種長大的趨勢，像去年C從我的無感地帶蒸發一樣。我知道我在失去一項對人世的大熱情，那長久封閉循環的熱情也是我所痛惡的，清除它們正是我深處的希望，那樣一筆龐大的債務一下子空缺出來，有種痛苦的快感，輕飄飄什麼也不覺得。

我想我倆之間就是這樣輕飄飄什麼也不覺得的痛苦快感，美麗加悲劇的幻覺一場。L，我這幾天強烈覺得這已不是我要的愛情了，熾烈的愛情已在不知不覺間走掉，我心中有個清楚的聲音在告訴我：我不要再和你們這些人虛耗生命，我不要再讓你們這些人白白糟蹋我的奉獻。我不要再任你們這些人窒息我的熱情。我發現你不值得我這樣待你，你不值得我一點對待的，你這樣把我當植物人擺在旁邊，然後縱情地和別人玩樂，真是屈辱我。啊，你根本不懂得如何珍惜我。我很美的，我不只值得那麼

我不能一直被拘限成這樣的，我要的已經不是這樣的愛情了。我很美的，我已準備好成熟地去愛人的條件，我已準備好獨立面對虛無，心中不要供奉神祇了，我能收斂好不隨便去愛，好好地只愛自己，但我不要被綁住拴住，沒人能拘限住我。我是熱情、自由奔放的。我再也不要如此空洞，什麼也

得不到的愛情。我要有人來關懷我的悲喜，我要有人來
我的生命，我要有人來跟我一起生活，我要有人來熱愛我，
我要有人溫柔地注視我擁抱我；而我也起碼需要有人可以專
注熱烈地去愛……這些沒有一樣是你可以給我的，但我卻付
給了你我的極限，我們之間已不再是愛情。從今以後，我要
靜靜地愛著自己過日子。短期內我不會知道我要的是什麼樣
的愛情，因為我已經當了太久愛情的奴隸，突然解放我還不
懂如何當主人，我匱乏得太厲害，確實有必要清除掉一部分
過去的記憶，然後再來看人世間的男女，但L，無論如何，
我再也不要我們這種關係。愛不是想像出來的，愛是做出來
的，愛也不需要等，它會自然來到的。我不要再輕易去奉獻
自己，我的美和愛是要給配得上、值得我這麼待他的人（你
一直擋在我們中間，最後連我也變得配不上愛了，我不喜歡
這麼輕又要假裝重的關係）。

姝姝，我要回去過實在的生活了，你說好不好？這「實在」
兩個字我描述不全，也不是很有把握它不會再跑，但我知道
我是要回去家人和你那邊了，我知道我不要再聲色犬馬儌名
逐利，我知道我不要再愛一個莫名其妙的愛得欲生欲死了，
我知道我不要再活在狂熱的激情和濃烈的悲苦裡了，我要
對人們釋然微笑，並且輕倚著親人無言的照顧。並且我相信
我所終究會去取來置放在我生命裡的是一個敢來愛我、願意
給予我很多、且有能力愛到我的人。如果一直遇不到這樣的
人，那我要繼續充滿自信地愛著自己的美麗，像辛老師，你
說好不好？

十二月十日

什麼都好，功成名就，感情的糾扯收拾乾淨，最愛的親人朋友都溫柔地看過，未來該走的路已鋪展在眼前，關於各種可能遭遇的人生情調也生出無所畏懼的想像力，屬於我的空間什麼東西應有盡有，連房間都整理好了。什麼都好，我站在全世界的高峰，一切都了然於胸，一切都掌握在我手裡，但是什麼都是空的，空得那麼踏實。

妹妹，沒有神了，我發現這是我下一步所要的長大。我不需要神來安慰我，我不需要在挫折時對著神說話，我不需要有個神來替代自己可以愛，我也不需要幻想著被神愛的樣子，沒有神，再也沒有神，妹妹，我發現在心裡愛著一個神一直是個大錯誤。虛無就虛無，我得獨自面對我內在那塊大空所幻想的神般來愛我，疼惜我，了解我，照顧我，和我生活在一起，人們只會在心裡愛我，他們永遠不知道如何來愛我，而我是再也不要苦苦等待、渴望、幻想這些東西，再也不要讓這種命運成為我的問題或我的苦楚，人們要如何愛我是他們自己的事，我能像爸一樣承擔起這份對命運無言的溫柔，若有人能步入我的生命，我也只取那敢來愛我、願意給予我且有能力愛到我的人，這類人我才有辦法將他置放在我生命中。

再也不為莫須有對生命的美麗幻想，而悲苦、哀怨、倉皇奔尋、窮困潦倒了。現實沒有錯，錯的是理想。

妹妹，慢慢地我要的是「實在」，它也會愈來愈清楚。

十二月十八日

阿遠打電話來，眉開眼笑地說妹妹准許他去看她了，他決定要給她寫一百封信，想到他和我都是「永恆的丈夫」，覺得很好笑。我告訴他：「人要通過愛欲的鍛鍊才會成熟，要能面對愛欲，和它對話、辯證，不落入痛苦和愛欲任一方的支配，最後真正凌駕在愛欲之上。」

我不知道關於欲望，去求和不去求的結果會有什麼不同，去求我會變得軟弱、痛苦，不去求則我有能力無條件給予，可以使別人自在，而求和不求這個動作本身並不會改變別人是否要給予我的態度。覺得我值得愛，願意來愛我的人自然會來愛我，不覺得我值得愛，不願意來愛我的人無論我如何求，還是不會進來我的生命的。而我相信，之於我有意義且我有能力作選擇的唯有持續地去愛別人，至於什麼人會進駐我長期的生命意義，還是只有那敢於來愛我，願意給予我很多且能愛到我的人。

十二月十九日

關於太多事，我變得不知道自己要的是什麼：我不知道我需要什麼樣的愛情、需要什麼樣的人？我不知道我要不要半年後趕緊出國，我能這麼快地割捨我對我所愛的人們如此沉重的愛嗎？我不知道我的未來到底還想得到什麼，該走什麼路？也不知道自己下一步要如何寫小說？我不知道如果馬上就要死了，我會遺憾些什麼？甚至不知道眼前我應該平息一切欲望安靜休養一陣子呢，還是趕緊抓住有人經過我生命的機會，好好通過愛欲的鍛鍊再成長？

K，我不知道該如何定位你？我明白你無論如何並不會屬於我，我不能誤解你的可能性，從頭到尾我只想好好照顧你，用我僅剩在台灣在台北的時間，然後我們能成為天涯海角一起走在文學之路上一輩子的好朋友。但是差之毫釐失之千里，就清過那麼一點點，竟然超過我所應該付出和所能自由承受的限度，向前繼續如此下去，我們都要陷入難耐的衝突之苦裡，但是向後退，我能退到哪裡去呢？

我跟妹妹說，不要為了一時衝動而犧牲掉彼此間更大的利益。

1991〆

一月五日

昨晚是一個鬼哭神號的夜晚，三毛自殺了，姊姊被狗絆倒摔破膝蓋。Ｌ又打電話來我放鬆地責備她放鬆地發洩我對她的愛欲。然後深夜五點我才疲累地睡去。今天一大早趕回家想帶姊姊去看醫生，陪著她明天又要回台北。

又跟Ｌ纏鬥了一個夜晚，覺得不堪負荷，很沮喪，這樣的關係令人精疲力竭之後一無所有，使我痛恨。這種累人累己又怎麼也擺脫不了的關係幾乎要使我覺得是一種醜惡和愚蠢。她把我磨得對我們倆的關係不再有思考力，想像力，我對她的感情也被扭曲得什麼也不是，然後只能在心裡放棄這段面目模糊的生命材料。

生和死要分開嗎？人和人要互相糾纏嗎？幸福是存在於時間性裡的嗎？我真的能超越與生俱來的欲望形式和理想幻覺嗎？關於命運我究竟要悲傷還是自在？我該放棄控制性的理性思考方式改用曖昧的方式嗎？在靈魂的意義範疇裡什麼東西該被優先選擇進去？生命裡深淵、曖昧、殘酷、無助、絕望的部分要如何被與其他部分關聯？

關於愛情，我所需要的到底是什麼？一個徹徹底底屬於我的人嗎，一個在時間和空間上能與我完全互相占據的人嗎？我不是覺得人與人之間的關係互相牽纏到怎麼也分不開是一種醜惡嗎？但我怎麼好容易就讓自己去牽纏在別人的命運上呢？我想要獨立，我不要被愛欲或痛苦任一端支配，我要做一個有自主性、全然自由的人，這是生命最上層的尊嚴召喚。對抗想與別人結合為一體，想歸屬於一個人，想為一個人無條件犧牲生活潑生命的愛欲與挫折這愛欲的痛苦，還要論為愛欲與痛苦之奴的誘惑，而是要從容地成為愛欲與痛苦的主人，並且留下足夠的寬容允許愛欲與痛苦退下後的虛無與孤絕。

一月十二日

　　她昨晚毅然決然把長髮剪斷了。我又被突如其來地驚嚇到。在我還沒心理準備以前她已做好她自己的決定。我只能惋惜歎歡，嚴重想念她的長頭髮。一個完全獨自做決定的女人，令男人覺得寂寞，彷彿她會因她的決定連你對她的愛一起拋掉。那樣預想著使你隨時會從幸福裡跳到不安。很奇怪，關於她的獨自做決定，我有著複雜的情愫。一個完全不需要我且堅強到足以獨自做決定的女人，我還有能力之於她有什麼關係嗎？我沒有自信。在她面前我不須自卑但會沒自信，沒自信我能給她什麼，沒自信我有辦法靠著自己的力量真正走進她的生命，在她的生命留下什麼痕跡。若非她為我留一席空位，若非她自己決定來給予我一種關聯，否則我只能走開，因為我給予她的愛什麼意義也沒有。所以我好像會希望她軟弱些，無能做決定些，這樣她可以某種程度依賴我需要我，但我又受她特殊的獨立、堅強和勇敢所吸引，這是超出我從L那邊學來對女人的吸引，甚至是完全相反的特質，我始於受她的女性和智性吸引，卻終於受她的這些陽剛特質的魅惑，而我也明白這些才是她人格的核心，也是這些讓她來幫我承擔我承擔不了的東西，對於這些陽剛特質我既感激又害怕。而我要希望她除去這些陽剛特質變得軟弱嗎？為了獲得她對我的需要依賴，我要希望她軟弱嗎？我不要，不要如此希望，獨立、堅強和勇敢正是她賴以存在的根本，她對我的依賴和需要不算什麼的。我會更愛她的獨立、堅強和勇敢，並且配得上這些。

　　L要從我心裡蒸發掉了。

一月十三日

一起去看了兩部電影──路易馬盧的《孽戀》和尚賈克貝內的《巴黎野玫瑰》，都是法國電影。看完電影回來，已三更半夜，下著冰冷的冬雨，整個人陷入《巴黎野玫瑰》那對男女主角冷漠與世界隔絕的氛圍裡。

一個受挫卑屈的男人要去愛一個狂暴逐漸走向自毀的女人，最後是完全無助且自我消融掉了。那樣完全漂泊在這世上的一對情侶，彼此互生在對方身上，除了對方之外沒有任何其他的連繫，一方被擊垮了另一方也眼著一起毀滅，兩個人是命運共同體。眼見自己心愛的女人承擔不起生命的挫折，一點一滴自我挫敗、銷毀，而自己也奮不顧身地投入去愛女人的自我挫敗、銷毀，那種至深的殘酷，終使人只得親自摧毀女人的生命。

還是在追求著父親高大聳立的形象，我仍然只是個仰望母親懷抱的小男孩，不知什麼時候才能達到與父親疊合在一起。見到《巴黎野玫瑰》裡柔格的男人形象，溫柔到要融化開又能爆發出男性的強悍，既能貼近女人的創傷又能保護女人免於外界的侵犯，這樣的形象似乎是我永難企及的，使我痛苦於此。

愛上一個悲傷的女人，他說情愛還是次要，而是對人類如此存活著感到絕望。無法使她減少悲傷，他的悲傷是自己的，她拒絕我投入她的自我挫敗和銷毀裡，她要獨自承擔起她對人類如此存活著的絕望。偷偷地為未來哭泣，我知道自己必定會以自己的方式離開她。無法愛到這樣一個悲傷的女人。在她的絕望中，我這樣偷藏且走向希望顯得多麼懦弱可恥。她說絕望沒什麼不好，她就是要絕望，就像堅持留在瘟

疫的城裡一樣，男人卻決定要偷偷地離開，而她說一切都沒有用。

要成為一個男人，這彷彿是我內在的一個命令、一個決定的關鍵。不能再隨便流淚。不能再懶在女人身邊。不能再當小男孩。要無懼。

一月十九日

我信仰我必須和人發生時間性的關聯，這種關聯是能超越生理、現實和社會的各種形式的拘限的。人是最高的，能不受這些東西的限制，人能超越這些自由決定自己的內在狀況。而與人發生時間性的關聯究竟是怎麼樣一回事？我無法如此專注，專注到保存意義那麼久，我不夠精純，太多心好奇且太容易受誘惑，所以總是讓意義在時間裡散失掉。

K，你真是我的驚奇。我要緊緊地把握住這種幸福，在這種幸福偷溜走之前，以我全部的生命力去展現這種關係裡可能有的深度和豐富，並且藉著我們的關係演出我生命的精采。我要繼答自己離開你嗎？我們之間根本的性質到底是什麼呢？我們可以彼此涉入對方生命的最後根源，去對對方的命運負責嗎？那種狀態是如何達到的呢？必須我有能力去對對方的命運負責，且對方允許我去對她的命運負責。要到哪一天她允諾我對她的生命負責呢？

L則是早已允諾我去對她的命運負責，她的生命緊緊依附在我的生命上面，就像是我所生的孩子。但是她為自己設下的種種限制卻逐漸地使我失去對她命運負責的能力，我慢慢地無法附著在她的生命上。對於如何愛她失去想像力、思考力，甚至動力。但是我該去參與她的自我消融嗎？我不能用對她待我的相同方式待她…逃避，但又怎能無損地進出於這場風暴呢？

一月二十日

要給學長寫一封信，告訴他我喜歡他。

要在心裡偷偷發願，要一輩子作K的朋友。

爸爸＆媽媽、姊姊＆姊夫、妹妹＆妹夫，是我一生得揹在身上的。

L是我在這世上第一個得為她命運負責到底的人。

學長來幫我準備知覺考試，然後他無聲無息地走了，然後O和他女朋友也走了，之間L打電話來，又生病不說話，後來聽我沒意願陪她，掛我電話。昏睡，惡夢斑斑，夢到知覺考試完全不會打電話給學長，他說抱歉他也不會。夢到羅和畫，羅說她是同性戀，為了一種人性最深的尊嚴，她不要再隱藏了，她要自然地完整存在。醒來又是那種至深孤絕的感覺，就像我常常說的「才知道自己是多孤獨地活在世上」，想要跟K說這句話。

記得以前史作檉講過一句話「如果連你所愛的人都要因而變得不愛了，那樣你根本就沒有愛。」我怎能任L在她對我的愛裡作繭自縛、掙扎自苦、滿心創損呢？在我自然的意願裡，我是想專注、全心全意地去愛K，但是我能這麼自私嗎？愛除了自私外應該還有責任，但這責任是怎麼生出來的呢？這對某個特定人的責任是體會到的一種價值，我信仰的見證。這點馬建講得很清楚，人類就兩件事：靈魂覺醒和愛，但他是沒有找到值得信仰的愛的。活在世界和人類社會的一切活動都應該是指向靈魂覺醒和愛的能力的。

關於一個男人的形象，或是關於我究竟該如何去成就我生命的形象，這是我至深的痛苦，也是到現在我仍無能解決的問題。眼前我解決這個問題的暫時方法，就是丟棄社會形式加諸我的誘惑或殘留的想像，我不要成為社會的男人或女人，我相信自己自然擁有男人和女人兩部分的性質與潛力，且在作為一個男人或一個女人上，由於我在成為一個人上的能力，所以我擁有屬於自己的自信。

但是如今問題呈現的方式卻是：「我想成為某個特定女人的男人，而我必須填充我的內在去呼應她關於男人的想像。」我為什麼要去呼應呢？因為只有符合「原型」的愛才能喚醒愛，才能感動一個人深處自然湧出愛的根源。但是我若要填充這一部分，起碼要增加「對現實的所有責任負責，不再擁有能隨便處置自己的自由」和「進入社會去打破我和社會間彼此的欺騙，並且勇敢地要求社會和女人以我真實的需要重新認可、允許我的身分」這兩部分。我要放棄自己自由揮霍生命的動能性和在至深的寂寞裡獨自承擔命運的最後尊嚴嗎？

一月二十四日

　　進來好多有意義的訊息，把我的生命塞得滿滿的，我快要來不及消化這些訊息了。到臨文簽約，看了陳克華的《騎鯨少年》第一本詩集。阿遠昨晚從台中趕上來找我，在我房間待了一個晚上直到中午才回去，我都沒有回來，又跟K兩個人去看了《流浪者之歌》，一部南斯拉夫電影。高中好友又趕來看生病的我，做飯給我吃。

　　竟然懷疑我到底是不是真的在愛人，會不會愛人。不然為什麼我沒辦法長期愛一個人，為什麼我那麼愛一個人竟然都會蒸發掉，我自己都不知道什麼是愛了？該這麼說嗎？愛都會蒸發掉，或說會蒸發掉的不是愛？哪個才對呢，還都可是說法的一種。愛應該不只是一種需要或情緒，它應該是意義或信仰。我在愛之前竟然這麼輕，為什麼我重不起來，怎麼努力還是無法繫綁自己在愛上。兩次了，愛上了兩個女人，高中三年一個，大學三年又一個，都讓自己熱烈地投進去，欲死欲生，每次都以為自己會永遠愛那個女人，承諾並且決心要去持恆愛她，但是總是很快地這個女人反而蒸發掉，從我的生命意義中完全離去，連一隻鞋也不留地被我丟出去，變得我對她會連對陌生人的熱情都不如。為什麼會這麼恐怖呢？我好害怕。

　　沒有資格承諾要長久地去愛一個人，我沒有那種能力和資賦，甚至連親人都沒辦法長久地去愛。好像就是要如飢似

渴地去尋找到一個人來熱烈地愛，然後激發這愛的動力性慢
慢地鬆弛下來，然後情落開，再孤獨一陣子，再尋覓另一個
人來愛。我真的就是這樣嗎？如果真的是這樣那愛還有意義
嗎？

我現在沒那麼怕沒有永恆、無能長久的愛，也不要命令自己
那麼努力去給別人愛，讓自己駐留在愛裡。我那麼瘋狂、強
迫式地要去愛，要把自己綁在別人身上，是怕不愛，自己不
再愛了，然後跟著失去所有我能附著在上的一切，又被無情
地拋回虛無裡，並且怕這虛無是要歸咎於我對自己的生命
不夠認真、不夠負責。所以我把全部的生命賭在去對愛認真
和負責上。但是為什麼只要我不去把自己綁在別人身上，兩
個人就會清落呢？只要我不再想給予那個人走開了，別人就
沒辦法趕上我然後留下我呢？別人那時再要我給予我什麼就
都沒有用了。所以我和別人的愛情關係幾乎建立在我對別人
的獨特需要上，而所害怕的正是從別人身上失去這種獨特需
要。

初步的結論：我對生命的認真、負責是對的，生命傾向於這
樣才有解救，但是認真負責的方式還要再修改得更有彈性
點，對於認真負責自我要求的標準還要再衡量自己的資賦。

一月三十六日

我是人，人是能超越一切形式，超越一切內在的限制的，甚至超越人類自訂的悲劇範疇的。

而我，我要能超越這一切去選擇愛，以及放棄愛。

再暫時回到虛無裡吧，對人生實在不能抱著美麗和天真太飽滿的想像，也不能用現實的材料想將其完全填充。否則就會一下摔到徹底絕望裡保留一些空隙給虛無，就會總有希望。

前一關是通過愛欲的試煉，讓自己鍛鍊出能力擺脫陷入愛欲或痛苦任一極的控制，也獲得勇氣面對虛無，要去對一切「無懼」。而眼前這一關則是擺脫我在愛情裡所扮演的奴隸角色，並且學會如何去承擔與一個人發生長期關連的責任。

我真的明白一個要能持久的愛情必須雙方都平等地願意且有能力給予接受，否則永恆的愛情是不存在的，永恆的愛情不是人天性裡自然會生出或本來該有的。活在世間對待愛情的態度，與其說是圓成一個理想永恆愛情的想像，毋寧說是去面對一個又一個荒誕殘缺的愛情意義的責任。

人和人要互相糾纏嗎？幸福是存在於時間性裡的嗎？我不要去活一個沒有愛欲、痛苦的時間，也不要被愛欲和痛苦掐住時間。每個愛情都會是殘缺的，且每個愛情裡的人都會是構成不了我該去愛的條件，我總是不該愛她們，我的愛情總絕會蒸發掉。我修改我的欲望形式，我所需要的是與人發生長期精神的關連，或能跟別人一起過著安定、互相給予的生活，

所以追求這種需要的失敗才是悲劇，與其逃避悲劇而拒絕追求，反應該捨命追求之後承擔悲劇。我是得因自己的這種需要去糾纏別人，勇於去製造悲劇，但必須竭盡生命力去為自己加諸別人的悲劇負責賦予意義。我的生命沒有所謂的幸福，也沒有所謂的永恆，都只是代換性的東西。

一月二十八日

L，我又回到整齊舒服、美麗的房間，又被從一種強烈愛欲的迷宮裡拋擲出來。覺得這樣也好，若被你知道你會怎麼說呢？說我不要再飛蛾撲火了，說我不要再蹧蹋自己了好嗎？這次又被重重地拋擲出來並沒有特別捶胸頓足，還算坦然平靜。並且我發現自己的房間收拾一下竟然是這麼富足且像我，我好喜歡我的房間，你也很喜歡你的房間。我想關於我在愛欲上的命運，我已經抓住了隨遇而安的核心，在前進、停止、後退之間我已經具備了自主的能力，形成穩定的系統。再也沒什麼可以難得倒我了。

阿遠說「如果你真的懂得一個東西，就會知道怎麼讓它表現得很漂亮」，我懂你嗎？我總是不夠懂，否則怎麼會不斷彈錯音呢？我一定是不夠認真負責，否則怎麼會讓你們這麼無可奈何痛苦？我有把你們彈奏得很漂亮嗎？我有辦法把你們彈奏得很漂亮嗎？把你們彈奏得很漂亮那是怎麼樣的景象呢？

你問我過得好不好，我答不出來，卻沉默地流出一行悲傷的眼淚。關於現實的細節我永遠無法回答你，因為我無法了解，你最後總會得到一個令你傷心的答案：「你參與不了我的世界，那是一個與你完全隔絕的世界」，我再也不要讓我的世界去增加我們倆間的距離。我只能用沉默的悲傷眼淚來作現實之上，對人生整體的總回答，我說：「沒什麼好與不好，好啊。也不好，我一直過得很好，也一直本質是個悲

傷的。」你叫我要好好活著，去找一個比你更愛我的人來愛我，要我把你忘掉這樣你想起我時就不會那麼難過，我說：「不可能找到比你更愛我的人了，我的一生就是這樣，有好多人愛我，進進出出的，沒什麼值得一說，這就是我的命運，我的基本性質，不是別人的緣故，任何人都一樣，所以你跟我在一起也是一樣不會幸福的。」想到「你跟在床旁，憮著我的臉說你只能這樣愛我」，這彷彿就是你之於我的意義所凝結的典型畫面，生命也就是如此悲傷，真是一語道盡。

再一次，我宣誓：我真的相信我們是如此相愛。關於我們的愛情，它已經頑固地成形為一種信仰現象了。進入「大膽定─獻身─疏遠─懷疑─揚棄─危機─再見證定─回歸」這樣的循環中，一旦進入這個循環，在外表的行動或許必須停止、後退，但是內在意義卻是一任在無回地在時間裡向前奔馳。在時間裡，我們一直使用我們所習慣的「奴隸─主人」的愛情形式來增補愛的內容，但是時間也在一直消耗這些內容，直到匱乏若沒有再運作形式，則兩人的愛情關係就會枯竭。這是由於我們之間並非平等的愛的結構，只有平等的愛的結構才能產生長久自動的愛。

一月三十日

L，又得暫時回來依賴著你說話的點，大概是因為星期天去看了你又激活了我對你愛戀的熱情，加上這個階段我必須從我對K的可能性誤解的陷阱裡爬出來。我需要借助此刻我所湧出對你的愛戀作為支點，把我自己從深處對她愛欲的陷溺裡撐浮上來。

妹妹問我為什麼不能不愛，我說就是不能，但未來我想真是必須具備能完全不愛的能力。應先放棄的是K，然後接著是你，我必須放棄我身上這種不自然強迫自己去愛，去附著在別人身上的機制，這是一種為著生存的遺跡。我得赦免自己的罪惡，解開我加諸自己的腳鐐手銬，在自己心裡不再做愛欲對象的奴隸，我想在我心裡當個自由飽滿的主人，之於所有我投擲過愛欲的對象，我或許負有關於「人類彼此間意義關鍵」的責任，卻不負有非得「持續投擲愛欲」的責任。持續投擲愛欲而不被滿足的匱渴於我的生命體是大欲傷，且總會破壞原本生命力的成長，而我以前總是告訴自己那是「值得」的選擇問題，而匱渴就是選擇後獲得意義所應付出的代價。但其實在這之上有一個先決的選擇沒被我反省到，那就是（我為什麼要用這種「痛苦的形式」來獲取愛欲這個範疇裡的意義呢）。

我想我已經長大了，不需要再用精神病的方式強迫性地要緊緊在人類世界身上，我應該有內在力量孤立得自在而安全了。應該可以解除前一個階段動員自己去與世界重建關連的緊急令，「與世界發生關聯」的天生稟賦已被還原，後天機

構也發展得很豐饒，所以在「與世界發生關聯」的系統上，我是夠富足的了，不再需要病態地死命抓住「愛情的永恆感」這東西來抗制「恐懼失去與世界相關」的焦慮，這就是所謂「痛苦的形式」。我必須解放我的焦慮，釋下我「痛苦的形式」，才能還原我在愛欲範疇中的自由資格。

二月一日

為了要展開我那本「個案速描」小說集第一個個案的寫作計畫，我重新回到杜斯妥也夫斯基裡面去尋找被我丟棄且壓抑很久的小說天賦：挖掘人性深層心靈的本能與無上使命。發覺自己所寫的小說慢慢地受到外力的影響而偏離自己這樣的天賦，變得做作且概化為較可口光滑，我愈來愈浮出人類糾結和痛苦的核心，好像有一股我沒去抵抗的力量誘使我要去變成一個聰明而不容被人漠視的小說家，此刻我才清楚這是我最不想成為的小說家類型。感謝學長這個傻氣的「寫小說的」在那裡傻氣給我看，對比出我世俗化的醜陋，也感謝曾蘭蕙提醒了我關於自己的小說天賦。

從前去看王幼華時，就對於他要寫小說的霸氣覺得舒服極了，他說：「怎麼樣？你們不讓我寫，我就是偏偏要寫，默默地寫個十年二十年，看你們耐何得了我怎樣？」我也相信自己的霸氣絕對比他夠，我說的是：「怎麼樣？你們不懂得欣賞我的東西沒關係，我也能夠用你們的方式去寫到讓你們既無法欣賞又找不出別人玩得比我好，不得不注意我，我絕對聰明到讓你們如何也無法漠視我。」且我不在乎任何經典、任何文學權威、任何左右我利益的人，因為我相信自己心靈的獨特性、它未來發展的潛力及創造力的自由性，沒有什麼東西可以拘限住我的靈魂用它的語言向世界說話。

但此刻我得用力反省我語言的品質，因為它墮落了。我的語言愈來愈傾向一個哲學家兼心理學家的個性，慢慢地與小說家的臭味滑落，這使我害怕，怕自己最後必須放棄寫小說的資格，承認自己雖然具有懂得如何寫小說的聰明，卻不再具有寫小說的「痛苦」和「著魔」的人格底蘊了。

不要，我絕不要這種情況發生，我也死都不放棄自己寫小說的資格。關於這個問題我得自己和自己說清楚，然後做個重量級的決定，以免自己成為台灣這個時代的一個「裝飾性作家」，那我的一生不過是被這個腐敗、沒有靈魂的頭銜所消費掉罷了。我要做的是一個靈魂隨時間朝深處潛航，且能有所貢獻於我這特殊時空文學史的小說家。而什麼是「朝深處潛航」、「有所貢獻」完全要憑我主觀的內在價值作判斷，這基於對小說基本語言的掌握、文學史的理解、人類靈魂發展的洞察以及自身獨特靈魂的導引與自覺四種東西的啟發反省。

我真的會因在哲學與心理學上的抽象發展，而阻滯了自己進入具象的人生情境去「痛苦」與「著魔」的小說通道嗎？我真的會因自身的精神痛苦與糾結在心理學上獲得釐清、宣洩，並在哲學上尋得抽象解脫與超越的方向，從此再回來不了痛苦與糾結的精神經驗，甚至發動不了這部分經驗的記憶，投回人類精神苦難的母體嗎？

不，相反的，這個階段正是我的小說爬上另一個階段的關鍵。趁現在我精神的困境暫時獲得緩解，我不再全副精力糾纏在自己身上，趕緊移開自己去練習寫別人。一個優秀的小說家必須同時具備寫自己的深度和寫別人的廣度兩種能力，而我前面一本書只不過稍稍觸及自己深度的幾個點，和在小說基本語言的掌握上做了些開拓罷了。關於寫別人的能力是這一點都沒訓練到，由於對自己太有自信的緣故，竟然沒發現這種可怕的危機。這種能力無論是天生的反應型態或後天的訓練都太缺乏。至於寫自己要寫成面及立體，所要增補的能力

也還有許多：一是回到過去經驗去記錄心靈活動的形式。二是如何還原出重要他人的現實形態及透視他們的心靈活動。三是如何鋪展我和重要他人間現實活動的關連脈絡。四是如何將我歷經那些經驗點所形成獨特覺醒的精神發展傾向用我獨特的語言納進小說的敘述語勢中。我相信這四個問題如果能解決，我才能寫出一部「誠實的自我小說」。而這個東西是我作為小說家最基本的任務，可能也是我最可能符合「朝慶潛航」及「有所貢獻」兩項標準的努力。

至於寫別人可能是產生「更大貢獻」的寬廣可能。但這種關於寫別人的貢獻，必定是發生於寫自己之後。但如今我為了一部「誠實自我小說」的誕生卻必須開始展開寫別人的訓練，先封住自己克服前面所述問題的二、三項，才有希望寫出關於自己「有所貢獻」的小說。過去的精神狀態一直不利我練習寫別人，此正達其時，這是絕對必要的訓練，把握時機才不會浪費時間。

我以為關於自己的小說有價值的寫作方向是傾向「誠實」，關於別人的小說則是傾向「真實」。「虛偽」與「做作」是我小說的兩大痼疾。

而要把別人寫得真實，我似乎得重頭學習起：虛心、用心、細心地去觀察別人在現實裡的形態細節，去記憶別人獨特的具象材料，把自己的敏銳感觸去投入與別人同在的情境瞬間，去整塊保存下那瞬間彼此的關連性及對別人心靈活動的穿透，然後慢慢地發動整塊獨特保存的素賦，自覺地克制或移置習慣地簡化理解、抽象記憶、智性推理的心理歷程。

一月五日

L，今天看到蔡詩萍說：「堅持需要勇氣，而割捨則只要動用大腦下冷冷的皮質層就夠了」，心中大為贊成。

這三年來一直環繞在這個「堅持—割捨」的問題上打轉，這麼久來的困惑或掙扎，我只能說我變得較有能力去堅持，也較懦弱於去割捨，但究竟何時該堅持，何時該割捨我仍無法開朗與準確。

割捨對我似乎從來不用學，那是本能，倒是我直到二十歲這麼老才開始重頭學習關於「堅持」：「什麼時候該堅持，要堅持什麼，要如何堅持」，直到現在我仍然懷疑我是否本性無法「堅持」。

我必須承認之於我所愛的人我的重複犯「沒有耐性」的過錯，我總是等不到你們向我證明你們是夠愛我的，而我愛你們的堅持是值得且有必要堅持下去的，總是一再地彼此錯過，如此形成我的命運，我不知道這是不是我的罪過。

我不明白為什麼？為什麼沒有人願意且敢來愛到我？最願意來愛我的你已使我感激涕零，甚至要立誓對你忠貞了，然而我畢竟要感歎難道我對人世僅能作這麼卑微的要求？莫非我所能得到的最多就是你所給我的這些。

而此刻我正在考慮是否要放棄你連同週K，在心中放棄對你們殘存的愛情。如今我已不怕把你們都移出去的虛無我可以接受自己那樣的生命狀態了，我明白我需要人卻不需要這麼強迫式地需要著。或許沒辦法用「堅持—割捨」這麼簡單的概

念再來看待「我想不要你們」的這種願望。我恐怕沒辦法真的「不要」你們這兩個活生生的人，因為你們是霸道地存在於我們生活中。我只是突然長大到明白自己不需要這種我以「奴隸」的身分去屈辱要來偷偷攢藏在我心坎裡裡的愛情了，就只是這樣。我想要讓我的世界還原，唯有把我不該要來的東西還回去，我才能停止自己無可自拔地被這套「把戲」控制。我要還原我心中的「奴隸」身分，回復自己作主人的潛能，用「主人」的身分看待自己，感覺世界，並且去與我原本所服侍的「主人」交往，學習用新的「主人─主人」規則對待愛情。

我想要「不要你們」，只是簡單地把我偷來的愛還回去而已。我想要允許自己可以「不愛你們」。這「不愛的自由」和過去是不同的，過去的「不愛」是代表必須在時空上完全隔絕了，似乎當我不再做你們的奴隸後我也不再有資格領取你們給我的任何東西，我不以奴隸身分的存在對你們也會構成傷害，所以活生生人與人的關係不剩任何意義，必須發瘋般地逃開。

我應該可以自在地處身於「不愛你們」之後的關係裡的，這「不愛的自由」更允許人與人的關係無限寬闊的空間。

二月八日

今晚竟然跑到心理系館來過夜，和大二的小學弟妹一起趕報告。想起這兩個禮拜重新整理心理學的知識，想起我與心理學糾結這麼多年的感情，在這個系館快四年了，在台大也是，但是或許曾有過在台大待很深的夜的記憶，是和Ｌ的，卻沒有在心理系館的記憶。感觸很多，尤其剛剛走辛亥路舟山路去找學長，然後九點走在椰林大道、經文學院又想起Ｌ，這個台大裡的人好少，真正會在未來讓我想起的大概只有學長和雅萍兩個我走長長的路去找的人，他們住在台大。而這個階段有兩個人對我是極重要的：Ｌ和妹妹，她們大概還會留在我的生命裡一段時間，不知道會多久。

其實台大是美的，它的美是這個雜亂的都市所能有的標誌，無論什麼時候我從什麼地方回來，它都會在這裡，正如Ｌ一樣。此刻置身在這個安靜的台大，我突然又想起從小到大這四年大概是最孤獨的吧，為何形成這種孤獨呢？由於人活在這世間的本質嗎？還是由於我對生活和人格的建構陷我如斯？我不願待在家人身邊，我找不到一個願意與我長相廝守的人，我不安定，個性裡有渴望流浪與冒險的因子，我不願選擇狹隘、淺薄、封閉、固著、沒變化的生命。我要我的生命去「變」，就是Rogerse說的becoming。所以必須忍受最內在心靈的孤獨，這種孤獨大難填補，這種孤獨是屬於心靈流浪的孤獨，如果要流浪就會有孤獨。

在出國前不能再生出一絲絲柔懦和軟弱，我的一生是要用來成為一個藝術家的，這是無上命令。

在台北這塊地方待了七年了，與兩個人談了較嚴重的戀愛，在這裡獲得兩張文憑，完成一本小說和一部小電影，與心理

學、哲學結緣、經過無數人的心、結識無數朋友、然後這些
又都過去了。我還能從這個城市獲得什麼呢？親情、友情、
愛情、冒險、名利、知識、財產？恐怕我只能保存我已獲得
的這些。而我出國又是為了什麼呢？是為了拋棄舊的自己去
追求一個新的自己吧？

趕快奔向法國吧，以無限的謙卑和溫柔把自己的未來交給命
運。惟有這種「無條件交付」的信心才能讓命運將我鑄造成
一個美麗的藝術家。我要釋然生命中可以得到和不可以得
到的所有東西，不要有一絲暴戾和皺褶。我永遠要對生命微
笑。正如柏格曼說的：「對生命拒絕和接受之間只能作一選
擇」，而既然已經接受了……你只能對自己很堅強。關於要
負責把自己的生命導向好的方向很堅強，無論在任何艱苦磨
難之下。

關於愛情，要同時結束對L和K兩個女人在愛欲上的追求。
結束，用一種特別的成熟向我的內在宣告結束。這種結束的
性質是這樣：保存她們在我生命中一小段裡對我接受的善意
與彼此相親的記憶，以及這種美好的意義。並不消滅我與我
他們的關係，不殺死她們。她們的與我共同存活在這個世界
上，是增加使我覺得生命是安全且值得活下去的力量。相對
的，我對她們也仍負有這樣意義的責任。

但是要還原我對她們所投擲的欲望。這欲望是在傷害著我生
命，我不忍再傷害我自己。要堅強地結束這種選擇的傷害。
不能誤解他人的可能性。該認清她們沒辦法滿足我所投擲的
欲望，所以如果我繼續投擲這欲望，這欲望會使我置之且損
傷很嚴重。

結果，放下欲望，還給自己自由。關於愛欲，它可以引導我去追求我想像的幸福，顯示給我填補心靈核心空缺的可能性，但卻也使我飽受挫折和幻滅之苦。我所能學習的不是摧毀它或抹滅它的存在，而是將它導引到比較可能實現，或磨難較能承受的追尋之途上，並在它完全不能實現的時候完整地、強固地承擔著它在我裡面，以自身生命的豐厚和柔軟去充實它，凝凍它。

關於愛欲原本就是生命的必然，愛欲之路的挫折與幻滅也是生之必然。唯有勇毅地接受並智慧地導引，把自己交付生命吧。

這「全然的自由」是我身上最寶貴的東西，是父母所賜與我的，我最該珍惜的就是它。唯有當我是「全然的自由」時，我是最美的，我真正該來思索的是如何運用它。

如何還原欲望到自由呢？壓制原本經驗愛欲對象的心理歷程及消滅因這歷程或儲存的感覺記憶而生的反應方式，這並非最好的方法，這是有內在破壞性的方法。反應方式並不值得斤斤計較，它只是自欺欺人的部分，更根本的還原之道是針對歷程和記憶的處理，從那裡面解脫出來才會開創造性的方向推進。

結論是：要重新考察她們基本的存在性質，以及她們使我之發生關連的性質，讓她們的性質在更廣闊的空間上開朗起來，重新定義她們，再經驗她們。

一月二十一日

我似乎在考驗我能將自己放逐到多遠的地方，那種放逐到自己都沒預料到的遙遠地方，感覺是勇氣漸失。面對環境的意志逐漸稀薄。很少有這種感覺產生，身陷一個陌生環境，這個陌生環境是我自願選擇涉入的，然而卻由於涉入超出我所能支付的太深太遠，我竟開始沒有安全感，想把自己封閉起來，成為一個不願面對外在環境的區域。

怎麼會這麼沒有安全感呢？是由於一種動物的警敏嗎？警覺到有危險嗎？這種危險是再不快快返回繼續前行，我所熟悉的景觀就要不變了，我將會措手不及。

二月二十四日

大學四年級下學期開學了，在這個學期裡我必須擔任起轉型期各種移交的任務，這些任務是為了讓我順利進入下一階段的。但要把自己壓縮得如此緊密去承擔任務之前，我對於我的目標是頗心虛。

成為一個藝術家和成為一個高級知識分子這兩件事一直衝突著我。自從我立志向要成為一個藝術家以來，我似乎就把所有的知識都停頓下來，停止再努力吸收知識。關於藝術和知識我總是有疑惑的，我不知自己究竟該偏向哪邊，在這兩方面我相信我都是有才能的，但是暫且身為一個藝術家總是比較一個學者吸引我。藝術家是「完全創造」，「完全自由」且面對群眾的。藝術不只是一種擬制語言，它本身就要是一種獨立存在。但是知識似乎是一種權勢，它可以宰制一時一地的人和藝術，而它誘惑我的是它可以利用語言解釋現象或解決問題而使人產生智性的領悟，但藝術只能產生感性的共鳴。

在藝術和知識兩條路的衝突上，我不能再猶疑。兩條路不可能並行，只能側重一條，另一條輔助。唯有其中一條承載得比較好，另一條才能再納入更多。

我需要把發條旋緊，人更靜定、更專注，要排除寂寞、空虛、欲望、紛亂、暴動，更堅實、清虛、銳利地向前轉動，要做的事太多了。

至於愛欲，我是不應再去拉緊它或企圖得到更多了，能得到的就是這樣多，我已經算富足的了。二十一歲該是樹立成就的時候，愛欲滿足一部分，另一部分完全得靠容忍，不能讓飢渴的愛欲阻擋或摧毀我在我所要成為之人的路。

三月二日

這是大學四年級下學期的開始，我有許多事要做，我要創作，要讀書，要學法文，要擺地攤地賺錢，這之前我還要拿到駕照、申請學校，有這麼多事要做，我不能懶惰、虛無、沉迷於情緒或愛欲，要每天清除垃圾，反省所處情境，加滿油箱，此為高速衝過坡道的時刻。

三月三日

今晚在演《刺鳥》的第二集，Megy長大了，我一直凝視著Megy，目不轉睛，眼睛離不開Megy，被這個女人深深深深地吸引。這個女人在我高中時代出現，直現在我仍記得她對我印記之深，彷彿我曾在年輕見到她的時候就對自己說：她就是我所愛的女人典型。直到現在那種直覺還在，要我仔細地去端詳螢幕中這個女人的眼睛、面容、身形、姿態、動作，彷彿有什麼祕密就在裡面，但那是什麼？

這種典型的意義是什麼呢？難道我仍然不可免地要去尋找一個人，一個隱於我潛意識的女人嗎？這個女人是誰？難道她是我嗎？是我陰性的實體嗎？

三月六日

今天在《揭開的祕密》裡看到一句話：「出家不是要拋棄這個世界的東西，而是接受它們的離去」，心裡很難過。正如在禪門聽到徐老師說我們來學禮首要是感於「人生無常」而想早點覺悟，當下熱淚盈眶。

剛才在「午夜琴聲」聽到她在念對彼此不諒解的母女的對話。女兒對母親說：「難道你對我沒有一點油然而生的母愛，一定要我做什麼來討好你才能換取你一點母愛嗎？我覺得我不是吃你的菜長大的，我這一生是被風吹大的。我決定要做一個不懂事的人。」聽了還是很難過，她是那麼渴望母親的愛。

星期天半夜在「往日情懷」碰到朋友，他突然生出奇想邀我一起到基隆看海。我就坐在他的摩托車後座想「上」。到了基隆吃小吃、看碼頭，我還是一句話都不說，甚至不願抬頭看他，因為那樣的深夜我一點都無法戴上平常的假面具面對他，然而沒戴上那張面具我發現竟然一句話都說不出來，才發現我跟這個男人的「無關性」。他在碼頭時指著對岸說：「我愛人就住在那裡」，好悲傷。我只好說：「真的啊。」我在心裡想這個可憐的男人明明愛著我，然而他沒辦法有任何表達，只能用傲慢來掩飾，而我是多鄙視他的傲慢，我在心裡說著：我一點都不愛他，甚至還厭惡他，但這種厭惡是根植於對男性的傲慢，而非他個人的，其實我真的很感激他待我的真誠。後來又騎到和平島看到夜海和輪船，在那裡嚎啕到原點。尤其在深夜又加添一層作夢的感覺。再次，我深呼：我真是屬於海的！

三月九日

今晚又播《刺鳥》第三集，我看著Megy這個女人的一生慢慢展開，心中若有所悟。她從小被雷夫養大，深愛著他，但她卻永遠得不到他。她只能想要擁有她自己的東西，自己的房子、丈夫、孩子、牧場。所以嫁給另一個人。然而歐尼爾卻是一個工作狂，所以她只得偷生一個孩子，然後帶著孩子回個娘家。最後神父回來了，她趁神父休假時和神父又偷生一個孩子，然後後半生就和這兩個孩子度過。

Megy和雷夫的關係是怎樣的關係呢？Megy雖然明白雷夫不可能屬於她，仍然從小到老日日夜夜地思念他，最後雖然嫁給別人終又回到守候雷夫的原點。她一生由於與雷夫的因緣似乎在這一生中最重要的事就是在心裡總慕愛戀著雷夫。

我就不明白我和女人之間關係的意義。她們不可能長期陪著我與我共同生活，所剩下我能追求的是與她們保持精神上長期的關連。我可以在心中以一種「痛苦的形式」執著於一種愛戀記憶的長期幻覺，不需要與真實的人有往來，也可以採取真正的往來模式，無論如何堅持這種模式，以這種「長期精神關連」的方式來獲取我所需的人身上的意義。

關於欲望的追求，佛教當然要人放下欲望，但是怎麼做才是將我自己導向好的方向？我相信沒有人能免於「追求」，人被賦予做主觀選擇的責任，從現在自己所處的點向前邁進都需要自己作判斷來選擇。沒什麼原則是永遠不變的真理，我只能傾聽自己內在此時此刻的聲音，這個聲音隨時會改變，活著就是要考察每一個情境流變中自己的所思所感。「欲望」不是錯的，欲望就是我，我就是欲望，只是我要把自己導引到哪裡去？

與「欲望」相關的是「執著」。我有非常強烈關於女人的欲望，我想要和一個女人在一個強烈彼此愛戀的默契裡，然而共同生活在一起。我想念我曾愛過的女人，我想將她們留在生活裡。然而關於這兩個欲望我又何須執著？

三月十八日

距離十月分之前的半年，我的主題就是思考自己到底要什麼時候出國。思考這個問題使我有如站在懸崖般的痛苦，它是全有全無的一場賭博，我如果不是輸得一無所有就是可以圓滿漂亮地下台。

我又開始不明瞭我與女人之間關連的意義。執著啊執著，幻覺啊幻覺，生的大苦痛大幻覺。」種在我心裡的最深處四年了，關於這種愛情我始終沒有一種方法可以肯定它的實在性，就這麼反反覆覆我困惑了這麼多年，它時而在時而不在，時而激動時而麻木，我似乎永遠沒辦法把握住這種面不變的東西，我會有時急迫地渴望我和她之間的關鍵，有時想完全地脫離我和她的關連。

四年要正式結束了，我這四年確實從頭到尾屬於她一個人的。不是沒有試著去愛過別人，別人總是無法滿足我，無法那麼強烈地吸引我，讓我的熱情完全臣服，別人也沒辦法像她那樣深情地愛著我。在我的感情的需求上，從來沒像被她這樣滿足過，那是一種激烈的灌溉。所以我只剩下記得她，想要她，追求她，而其他的女人都被歲月之流沖走，或完全被她替代掩蓋住了。

這種愛戀她的現象，從某個角度看只是我心中一種「必須之欲」的投影幻覺罷了。我需要的是與內在一個人對話，被內在一個人愛戀，而這個人根本不需要是個實體的人，甚至不需是個特定的人，我就只是需要，她只是剛好比較合適被捕捉進這種需求。但從另外一個角度看，她所展現出來的也確實深深地打動我的靈魂，那是具有相當客觀性的記憶。所以這樣的關連根本不會有什麼絕對性，主觀上我的內在需求若

被滿足，且客觀上若有另一個人能展現取代性的記憶，則她的唯一、最高級地位就會被取代。相反地，主觀上若我仍未被滿足，客觀上沒產生取代性的記憶，我就會一直是屬於她未的。

三月三十日

昨天看完《刺鳥》第五集，這兩個月來被禁錮的感情似乎一下子被取出來，結果在重看《那威的森林》時整個發作出來。

和K徹底談了關於決定出國的種種及我們關係間底部一直避免去談的大問題。整個人在昨晚之後既虛脫也滿滿了痛苦。我才明白在這關係裡我受了多大的挫折和忍耐著多大的絕望，而最後這些挫折和絕望又將如何致命地傷害她。

四月十八日

尤瑟娜說：「大部分人的記憶是一座廢棄的墳塚，其中躺臥著許多故人。他們得不到尊榮，因為沒有人再加以憐惜。凡是太過長久的哀慟，都對人們擅長健忘的本領形成一種侮辱。」

想想哈德里安，雖然他曾享受過至美至福的愛情。在那裡面縱欲享受，但他到底明白他所需的愛情是什麼嗎？他真的知道他所曾擁有的愛情是什麼嗎？直到安提諾烏斯死去，他對這個愛情加入痛苦和悲傷的顏色。雖然他以為自己已明白愛情是什麼，但他所知道的是不在時的愛情，而非原本他所擁有的愛情。他根本不明瞭他所擁有的愛情，否則怎麼會讓安提諾烏斯被愛不夠，而需要去單獨以死成就他的愛情。一個人是因為不懂他所有的愛情才會離開或失去愛情。

這一個禮拜總是無法有足夠的能量去進行一天的活動。我不知道我的心哪裡受了傷害？比諸前一個禮拜的穩定規律，到底我的內在起了什麼變化？彷彿之於現在有一種無能感的恐懼，之於未來又產生新的大不確定。每日又要遭逢活生生情欲的懷疑和挫折，美好的感情愈來愈少被補充。

我內在是如此需要她的眷顧，遠比她所需要我給她的還多得多。我們一向忍耐著這個差額。我努力想要減少這麼多的需索以放開她，難以平衡的壓力。但是只要她出現在我旁邊，我內在關於被愛的需要就要被召喚出來。我得花很大的力氣來對抗才能把它剪裁得符合現實。只要她一在我旁邊，我的生活就好像活在渴望她眷顧的針尖上，所有的東西似乎都被排除成為沒有意義。這針尖吸乾了我創造意義的能量，說穿了我變得全心全意在注視她。一切所作所為都是為了換取她的

着顧，生活全部都頂在小小針尖上，或許這是對於生活缺乏能量的原因。

每日生出來在懷疑—肯定上的新痕跡。如果不是導致絕望的路上走，就是讓懷疑耗費心量，並且要花更大的力氣去抹除懷疑再證明那原本被肯定的東西。沒辦法從一開始就掌握住事物的真理，直達本質，無須編織「懷疑—肯定」的虛構情節、記憶來逼近真理。他所使用的是直接與真理相通的簡化抽象方法：計算。

我應能計算出在我與她的關係裡目前和未來各蘊藏什麼樣、多少量的礦脈。我也應能計算出我需要被愛的量是多少，是什麼樣的愛？然後在這兩相比對裡堅定地維持抽象肯定的信仰，耐心地塑造出我應具的形象，然後準確地獲取我所能得色的，不受其他雜音的干擾。至於幻想在堅定信仰裡所扮的角色是什麼？

四月十九日

妹妹，我好像又碰到大石頭了。」像一面堅硬的石壁，無論我做任何努力都把我丟出來。那種挫折，悶悶的也不知道自己受傷在哪裡，只是彷彿需要不斷地喝酒。這個時候只能想到你，想到你說的「沒關係哦，明天就會更好」，你對我永遠像是一顆北極星，閃爍著幸福快樂的世界，向我招手，想到你的笑容，非常想哭泣，覺得自己現在真正很像渡邊，在做一種絕望又非如此不可的美麗等待，我不明瞭它的意義是什麼？

四月二十日

二度來到澎湖，黃昏天將黑時又坐在海邊，聽著海濤聲，我不知道自己心中有什麼東西需要被海水蒸乾，但真的必須離開我那貧瘠且束縛住我的現實。現實總是比我想像中貧瘠很多。

四月二十一日

如果是真的愛，怎麼會有那麼多關於屈辱的東西呢？我不明瞭這兩種愛情的本質是什麼？還是我根本愛她們愛錯了？對於她們的愛根本是絕望的愛。我不能渴求她們給予我她們無法給予的東西？這就是我的錯，是我總容自己意志懦弱的地方。並且我沒有覺察到雖然我很努力地在降低我對她們的需要，但是從頭到尾我沒誠實地面對它一直隱藏在我體內，使我生命受著傷害。使愛摻雜著屈辱。能不要有屈辱地去愛嗎？

大概是不夠老，努力了半年仍然無法去除屈辱感地愛，仍然無法產生不憑藉熱情去愛她們的想像力，仍然無法昇華情欲式的熱情和它所生的痛苦。

為什麼我不放棄我的情欲呢？為什麼我不放棄我的屈辱呢？就如同我上一次放棄挫折，放棄絕望般地放棄。如果我能真的不要我的情欲，不要我的屈辱，那麼我與她們的關係是不是能進入更好的境界？

關於情欲，因為我是一個肉身的人，所以必然會受到它不能滿足的折磨，但這種滿足不會是最高的，它的苦也不是純然白受的。並且我相信年紀大了後，它或許在愛情裡就不再占有那麼大的分量，也不再成為愛裡全有全無的支配者了。

至於屈辱？那是我自身裡自卑感的部分。我似乎始終無法愛一個女人而純然不扭曲自己的。需要被愛愈深，屈辱就愈嚴重，那種如紅字般烙印的不夠格感，像是打定主意要跟我一輩子。

如果熱情和屈辱始終必然呢？或是愈來愈加重呢？或是短期內無法去除呢？

四月二十一日

昨夜澎湖之第二夜，我在海邊列清了關於兩個出國時間的利弊，最終情勢是三月再入學。

我又把關於她們倆感情的本質想得更清楚了。L之於我是宗教性的愛情，她所提供給我的是無論何時回頭都在的愛，對我像信徒般的需要和相信，對我的熱情熱烈地渴望和接受，但她受制於她對我的愛比受制於我實體的人更強，所以我能使用她的地方是讓她待在我的生活裡需要我，信仰我，我享受她對我永恆愛情的存在，並於給予她中獲得滿足。更重要的是我可將心中對愛情的極致幻想都投擲在她身上。她可以容納我最熾烈的熱情。但我們之間的限制，是我絕不能在現實裡使用她，需要她。她是沒有實用性的。如此，慢慢把她帶到一個堅固存在於信仰層面的愛情，洗淨所有實用需要帶來的混亂。

K之於我是現實性的愛情，我的現實就是精神，她所提供給我的是她會和我建立長期精神關連的確定性，還有她身上女性的部分具有我理想情人的典型，我特別能因此份審美之情而為她奉獻。但她不是完全是情人典型，因為她身上渴望「力」的男性部份，使我們對愛有不同標準，彼此都無法將對愛情的極致幻想投擲在對方身上，所以是具實用性的善，卻是沒有美的愛。而我能使用她的是在現實裡平等地對話，互相照顧，享受能給予她養料的快樂，及這樣一個品質相同的人共同面對活在世界上。但是我們之間的限制是我不能使用她過量，最強的情欲和痛苦不能加諸她，需要她。她不能以情人之愛來包被我的這些東西。我不能渴望她這一部分，否則會產生屈辱。最後，將我們的關係導向彼此依靠信任的親人和「推心置腹」的知己關係，並且將她屬於理想情人的部分供於我的博物館中永久欣賞。

她們倆共同之處，是我不能將原始情欲和痛苦加諸她們。

四月二十三日

從澎湖回來第三天，連續收到阿遠和瑩的信，心中滿溢熱情，是人與人之間深刻相關的熱情。想想自己可以享有那麼多人類對我的愛，真應該感激得痛哭流涕。

我是如此一個熱情洋溢的人，我的感情如此容易就沸騰了。我活著能去與這麼多人相愛，彼此能探觸到對方的真情，這就是我活著最大的天賦，這也是我身為藝術家的本色。

想到L，她幾乎是我所有愛的泉源，我能擁有與她之間的愛情真是人間的至福。她幾乎是用她整個生命在熱烈地愛著我，她的全部意志都歸我統治，那麼迫切地在渴望我的愛，珍藏我的一點一滴生命宛如她自己的。她不知如何做到的，就進入我的體內般，我們倆緊緊地結合在一起像是同源同體的生命。那種給予的東西，我還沒被其他人給過相同性質的，那是由於她的個性的關係。她擁有那麼強烈愛人的能力和那麼美去愛人的天賦。就像哈德里安說的，她使我做她一個人真正的帝王。

別人即使給予我愛情，也是把我當成另一個「他人」來愛，遠遠地在一旁思慕著我，積攢我所給予他們的來獲得安慰，但對於我這個實際的人卻只有旁觀或欣賞，而不介入、參與，甚至如她所能的「占有」，她真正是「霸占」我的心，以某種奇特的方法。

我愈來愈明瞭她對我的愛情本質，從來我的任何一切都那麼吸引她，從來我所給予她的任何東西她都是那麼渴望和珍愛，從來我要去闖入她她總是無能拒絕一點點，從來她對於我奔沛的熱情總能給予藝術般奇特的回應，從來她總是把我當成她自己來占有，從來她總是無法在面對我時還保有她自己的意志。這就是她之所以能「霸占」我的獨特天賦。

四月二十四日

今天是我把L丟出我的家的三週年紀念日。昨晚又與她說話到凌晨三點。每次都禁不住講了那麼久。非常痛苦。不知道為什麼總會這樣。我總是在聽她聲音時很想放縱自己。想非理性不顧一切地把自己交給她。所以我們就這樣樂此不疲地彼此糾纏。只要聽到對方的聲音就緊黏著不肯放。這就是屬於我們的命運。

我跟她說了去澎湖的事。她說「她覺得好痛苦哦。好像她可以為我做的就是去睡覺或不睡覺」。真是完美的藝術反應。正是我所需要的情人的答案。我好像又再次證明在這個世界只有她一個人能給予我所需要的愛情。

她跟我說「我怎麼變都還是神。除了一種以外」。她說要跟我說這個以毒攻毒。我跟她說這個我不想說。因為我一向「自暴自棄」。關於這個部分我只有麻木。沒有什麼好講的。她說她不明白。但這兩天要好好想想。還是很適合她情人的身分。

我似乎愈來愈依賴她。愈來愈要像個孩子一樣把自己完全交給她。

四月三十日

若想身為一個作家，不努力地與所屬現實保持距離是不可以的。其實我處在現階段這樣的狀況，既被畢業的責任與對兩個女人的愛所固定，卻又被它們推斥在某個距離外，我的心80%獲得安定，另外20%卻又飄飛在不確定的時空中，這般的狀況其實是最適合於藝術家心靈的成長及藝術創作的。最近我常想到（認清屬於事物本質的規則，遵照它的運作，才能免於不必要的痛苦，並能銳利地由其縫隙中獲益）。可能這愈來愈成為我的哲學。

我可得振作起來，停止當一個享樂主義者，否則條件如此富裕的生活就要被我蹧蹋了，我原本可以利用這種平靜安定甜美的生活好好培養自己的藝術心靈，鍛鍊知識的心智，做好訓練工作的，但若把這些成果該花費的心力通通奉獻給她，可能就浪費了我的熱情。

今天剛看完水上勉的《男色》，把雅美這個gay寫得很通俗，大概是翻譯的緣故，文字粗陋得咀嚼不出味道。但是再怎麼簡單的作品都總能讀出一些簡單的韻味吧。水上勉對雅美若有似無的感情是此簡單韻味所在，雅美再三反覆強調的輪廓性形象是我關於人物的新收穫，還有關於水上勉在寺中與師兄的性愛描寫算是最辛辣濃稠的風景了。兩個同性之間的感情曲線非常淡微，這種東西怎麼經營？雅美這個美男子幾近為一個美女，又要如何製造他的美感效果呢？而關於激情的性愛它又要如何調和進原本的調子中而發揮最大的功能？這本簡單的同性戀小說它的mood是如何？

我得讓自己有一段時間下功夫苦讀才行。成為一個自我享樂的作家是我一生最整體而言要做的事。

五月十一日

我必須把握生命賜給我的時間苦讀苦寫，所要做的是利用我的僅有的肉體和精神作為媒介，去創造智慧、人性、美和想像的精神財產，把它們拋擲向人類，這就是對人類最徹底的愛了。其中，意志力是關鍵，它要隨時因不願死亡貪愛活著而醒覺、醒覺著對抗痛苦和孤寂。

現在我手邊要寫的小說，是屬於系列我要關懷社會現象裡的其中一篇，（文學是語言的魔術），除了尋找新的語言、新的敘述邏輯，這是身為一個小說家對母語文學的基本責任外，還要進入我所要掌握的現象裡去揭示它的某種思想本質，這一切都要靠我的語言天賦變魔術。所以如今要工作的是：（夢＋議會政治＋Calvino＝小說）

慢慢地我得簡化我的生活和欲求，使得生活只剩下（創作＋閱讀＋學習＋賺錢＋愛情）這五件事。

五月十三日

《激情密約》裡的因愛受屈辱的男人，那種形象偷偷刻畫在我心底。受屈辱後的伸展，那是含著強烈屈辱對方的意志。當因而受屈辱的愛脫落後，那種屈辱就成了多餘的礙眼物，只想盡速以厭惡之姿擺落她。那麼關於愛的反諷就強烈得足以使愛這件事變得輕飄了。所以這件屈辱的愛從頭到尾就只剩下屈辱的記憶而沒有愛。所有關於愛的努力，就都收歸屈辱的戰利品。沒必要又反因屈辱而犧牲了愛。

五月十五日

生活遭遇一些挫折，內在就非常痛苦，覺得自己好像沒有力氣去承擔起它們，更何況如果想要愛L，還要承擔她的挫折。真的不是個堅強的人，我是個很軟弱的人。

內心有個新絕望，無聲的絕望，這個絕望是連對妹妹說都不需要的，也不需要哭泣。就如村上春樹說的用毛衣悶死心愛的三隻貓，一切都在這個無從掌握的都市進行。絕望，絕望於自己能從人那裡獲得想要的愛。這個新絕望像天啟般告訴我，真理就是必須絕望，結論就是要再恢復從前的堅強。

只想寫作，只想把心裡的這些挫折這些痛苦寫出來，只想寫作，生命中只有這項熱情是最強烈最自然的。

生活裡一團糟，只會過一團糟，軟趴趴的生活，不會過有條有理的生活。感性總是勝過理性，不知是天性如此，還是背負著自身變態的祕密後，體質才轉為如此軟弱。

太戲劇化太乾枯了，沒辦法一直相信愛，沒辦法一直為愛無止境地付出，很想休息。心底自然的愛情已枯竭，不想出去表達對人的愛情，只想躲在自己的洞穴裡，人不能引起我自然的熱情。

由於會生怕死，所以對抗痛苦和孤寂就成為有意義且必要。

只屬於我自身的是對藝術的愛，這是我獨自可以保有的生命財富，它才是真正可以提供我活著的動力，也唯有這種美是別人無法扭曲的。

我想要一個人活著的感覺，那樣的尊嚴是我創作我的藝術所必須的。無窮盡的悲傷就任它安靜地在那裡，不要去刪除它，讓追尋幸福、追尋永恆的意志止息吧，這是偷取藝術的種子所須付出的代價。

要堅強，要為藝術而堅強。為藝術而生，為藝術而死。我是誰已不重要，最重要的是在藝術面前我是美的且會獲得愛。

五月十七日

我幾乎已經擁有制式生活方式之外的生活方式裡，該有的全部了，為什麼還是這麼痛苦，生命柔弱得不堪一擊，總是不夠動力去做我應該做的事，進行我應該被限制的時間制度。我一直游離在時間制度之外，沒辦法參與人們的巨大現實生活，我一直勇於做個時間之外的冥想者、享樂者和耽於藝術的頑童。這種生的痛苦是什麼呢？為什麼覆蓋我如此深呢？每個細胞都吐著使我覺得痛苦的毒素，為什麼始終無法完全解毒呢？

只是愈來愈清晰的圖像，去成為一個作家，為我的民族創造文字的精神財產，為內心靈魂歌唱的渴望燃燒一生，且僅為此，像任何一位偉大的藝術家。

她，我的真善美的化身女神，我把我身上僅有的一點最好的愛都給了她。只有在她找不到我時，我在她身上所儲存的愛才會激烈地放電，那時我們的愛是美極的。長期地禁錮彼此對對方的熱情，當她隔著電話委曲地說她都找不到我時，熱情的強度幾乎要使我痛哭流涕。這是一種絕望的熱情，這是一種被禁錮的熱情，這是一種不被承認的熱情，這是本質為幻覺的一種熱情。啊，但是我如何逃離這麼激烈的誘惑，即使它只是幻覺？

永遠也沒有幸福，永遠也沒有永恆。追求幸福的意志止息吧，代替的是我靈魂裡惡魔般燃燒自我的渴望，那就是本質為狂烈的愛情。從來幸福之於我的誘惑最後總會被悲劇的渴望所截斷，我甚至相信我只是偶爾渴望幸福像渴望回家一樣，但我寧可在夢裡更全然自由地享受它們，而更長期且激烈地

渴望悲劇和藝術，因為它們可以像止痛劑一樣馬上將我生命中破洞的地方填滿，使我產生瞬間完全被滿足的感覺，於是我可以告訴自己，我應該為這曾經被縫合的時刻而不斷懷抱著希望活下去。真正縫合我的不是幸福和回家，起碼到目前為止不曾是，而是我自慰的天賦：悲劇和藝術。幸福和回家是我的地，而悲劇和藝術是我的天。

追求激情代替幸福，追求痛苦代替永恆吧，只是我也必須為我的激情和痛苦而堅強，堅強去規律生活，勤奮工作，有一種平靜的最後鑽石嵌在我堅強意志的臂肌裡，讓我可以不被任何強大的心靈之敵所吞噬。

五月十九日

我和F的愛情呈現一種可怕的飆漲速度，臉龐之間我只能暫時判斷是由於內在性格的相容所致。她所展現出來的可能性已刺激我去想像兩人之間要長久結合的未來，想要把所有我自身上愛的可能性都實踐在她身上，想要與她完整而徹底地結合為一體，想要在她身上停下來選擇作為在這世上歸屬的家，想要與她共同建造人世間至美恆久的愛情。

我已經強烈地直覺到她會完全而徹底地屬於我，這一恐怖的定理使我幸福得顫慄。因為她對我日益孳生的愛，使我原本枯竭軟弱的體內長出意志和理性，這一現象神祕得令我不解。我於短瞬間對她依賴之深，使我恐懼自己怎麼變成這這樣，像嬰兒對母親的緊緊依附一般，她是世界上第一個給我這麼大空間依賴的女人，而我所有依賴人的需要也正好完全打開，慢慢地我也啟發她來依賴我，兩人在這種非常能被對方依賴的環境裡緊密結合——這種「彼此都非常能被對方依賴」的條件將是我們愛情成功的最重要關鍵。

在她身上，我將揭開我身上另一個重要本質的祕密——到底我是強烈忠貞地只需要愛一個人的人，還是需要不斷追逐新刺激變化的喜新厭舊類的人？這點之於我生命的基本不安很很重要。但從她給我的意志和理性，我新近洞燭到一種我能對我的過去和別人做長久連續負責的可能性，因此之於我們愛情責任的承擔也閃爍著直覺性的希望。

我得去解決我身上最大的兩大困難：意志和快樂的問題，這是我可以判斷橫阻在我們愛情裡最大的障礙。

（學習能夠彎曲，總比斷裂好。）

五月二十日

（產生愛情需要這個藝術家有能力去愛——那就是給予而不想望著報酬。）（一個人唯有具有東西去給，唯有在他本身當中具有給予的能力為基礎，他才能給。）

在給予中可能完全沒有回報或不被接受而能負起持續的責任嗎？在開始自然產生給予的動力時確實是自發性的愛，但進入接受的交互作用過程後就不再是單方向的認可愛可以負起責任的，其中牽涉到過程裡的摩擦、挫折或美好、回應，如果是摩擦、挫折又會慢慢地消耗一個人給予的自發性。所以肯定一個人是否具有愛人的能力，不是單獨一個人可以肯定的，需要有對象的接受肯定才能成立。

至於一個給予者讓自己進入愛情的狀態後，他被著顧的需要以及誠實暴露情緒後被溫柔接待的需要，這些算給予而想望著的「報酬」嗎？這只是基本環境罷了。愛應是具有選擇性的，不被接待或在接待中附帶著暴力的，而仍強迫性給予的才可是某種心理症。自發地要去給予是愛情的起源，也是一個愛一人者形成的發端，但是愛情的成立需要接納和回應。

不被愛使我受著諸般的痛苦和屈辱，如果愛使人能給予而不想望著報酬，為什麼會去愛而有這些痛苦和屈辱呢？人在給予的同時也是將赤裸的自己交與別人的冒險，起碼待被溫柔地接待，那是基本的人性需要。進入愛的狀態，而渴望著被愛一者的需要該怎麼說？它不存在嗎？還是不該妨礙給予的持續性？

關於「負責」，不要虛假的倫理學的負責，寧可將一生放逐到沒有「負責」所保障的徹底虛無裡，而在時間的每一刻不斷重新作選擇，對每一瞬間做當下真實的最大負責。

在對自己內在生命狀態的「誠實」與對他人作最大「負責」之間的平衡，是目前最大的課題。

五月二十日

把世界關在門外·把自己不總又破碎的自己拼合起來。活著還是很好·有小說有詩·有音樂有美術·有哲學有電影·有親人有愛人·有人類。活著真的很好。孤獨裡有豐富的礦藏·沒什麼好煩憂愁悶的。

我喜歡孤獨·孤獨是真正美麗、乾淨和安靜的。孤獨能真正蘊生力量·孤獨裡有真正飽滿的創造力量。渴望像孤獨這樣美麗、乾淨、安靜地死去·哈德里安說的「靜心等待」。當想要向外追求具體的人的溫暖時·那些人們就活在那裡·好好的安詳的·他們總會活得比我久·我看得到他們但是觸摸不到他們·如果我想撲向他們投奔他們·他們就要退向比原來更遠的地方·然後我就跌倒·我才再一次明白他們只是我心上美麗的壁畫。他們的具體存在對我的活著並沒有分擔重量·我只需要我心中想像他們就可以了·他們是以在我心中壁畫的方式與我一起活著·只有我回到我的孤獨中我才真正完全與他們在一起。

我的生活只等於我的孤獨加我的壁畫加我的閱讀加我的創作加我逃避孤獨的種種努力·其實純粹的孤獨是美麗的。

我的孤獨只是簡單的另一個人類的孤獨·我這個人類並沒什麼特別·偉大之處·我的孤獨只是再平鋪直敘不過由生到死

的路，即使中間有那麼多人給予我價值不等的贈與，但那些都只是把我往前推向下一秒活著罷了，不是我能占有的。

我什麼也別想占有，什麼也占有不了。物質我占有不了，名聲我占有不了，繁華我占有不了，人類我占有不了，我的身體我占有不了，記憶我占有不了。我只能將我在人世的旅程做較精采的安排，並為自己的靈魂實地尋求較美的表現形式。

選擇做一名藝術家，此生要一分不剩地貢獻給藝術王國。所以既是藝術家就無須尋求任何超脫，把心靈深深地捕進人類靈魂的痛苦和誘惑裡，以藝術的身軀去讓人類的命運之流流過，然後飽滿地唱出來。只要心中信仰著藝術和愛這兩種能力，只要懂得生命之愛終仍會戰勝各種靈魂的颶風。

向內，勒緊孤獨的皮帶，讓它結實，像去除小腹上多餘的冗肉，我得擁有相當結實的孤獨。向外，規律的作息和勤奮的工作是新的生活美學，因為我不願鬆垮的孤獨。我不願單獨被人類的生活巨流遺留在我肥油的孤獨中，我渴望和人類一起有力地湧動，一切都源自生命之愛。羅丹是很好的典型。

五月二十六日

羅丹說「必須不斷地工作」以及「必須從自己的藝術中發現幸福」。每當我在尋求墮落和混亂時，我就覺得愧對自己的藝術工作。多年來不知道為什麼需要那麼多墮落和混亂的空間，是因為心靈的空虛和軟弱，還是誇大對生命的不滿，還是任性地逃避生命的責任，還是自身的本質如此？

看到傅偉勳寫他的《哲學探求的荊棘之路》，在我這個年紀時他已完成基本傳統哲學的訓練，並且擁有日、德兩種語言的能力。我雖然不是聰明絕頂，但是對藝術的熱情絕對足夠，想要將一生奉獻給當一名一流藝術家的決心也夠強，如果一輩子不夠，像佛教弟子所說的，下輩子「乘願再來」，我要再做個中國人藝術家，生生世世致力於中國人的藝術財產，像是內附於我靈體裡的祕密。

羅丹說要將全部生活帶進工作裡。關於藝術家的生命規畫應是如何呢？如果太容易知足或容易屈於平凡就不可能成就一流的藝術，會限制住自己的規模與氣度，全部的全部都要奉獻給藝術。要拋開名聲、物質、家庭、愛情，要改變鬆散、雜亂、苦悶和難以帶領的個性，把最好的藝術品質顯露出來。還要不怕陷入未知叢林和將自己開放給自己的生命。下苦功、下苦功、再下苦功，靶的紅心就那麼一小點。

關於女人，如果我全部不要她們，與她們維持一個固定的距離，我通常就能再獲得我完整的自我，並且在已發生的愛情關係裡現出美的主體性，如此獲益雖甚少，但起碼我的尊嚴

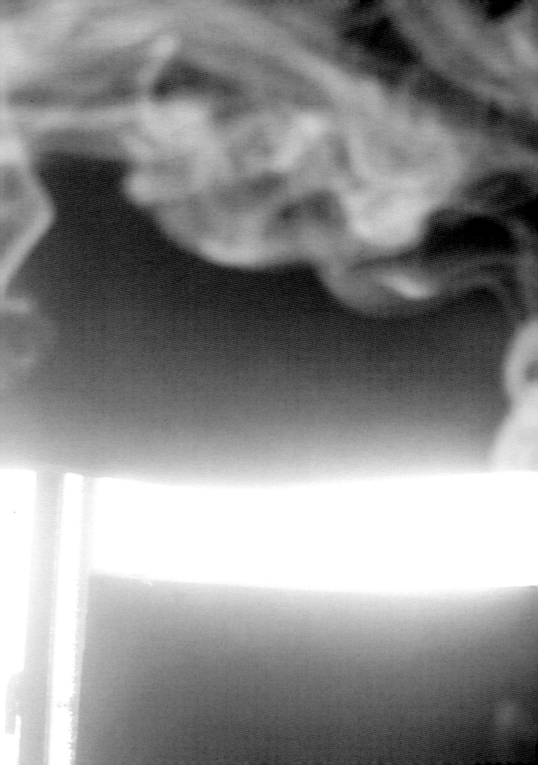

使我慢慢地會堅強起來。最近，我發現自己愈來愈趨向於生命從附屬於愛情的狀態中提取出來，我相信我的生命可以在中心拒絕愛情的惡質統治而把它們堆滿在我的邊緣，我說以主人的姿態強悍地統治我的愛情，而不是以奴隸身分被各種愛情誘住。或許，從前七個年頭我把女人在我核心的位置擺錯了，我根本不該從一開始就需要她們那麼多的；我想，一直以來我用以與她們接合的地方錯了，我根本不該這麼晚悟覺到我渴望她們進入的部位本是藝術才稍稍可能的。

如果我真心想追求藝術，那麼我無論如何都該足以堅強了。

我所能發現的幸福唯有在我的藝術裡，而女人反而是我將我藝術的幸福注入的容器，那個女人要足夠了解我且給我自由，讓我汲取出我藝術的幸福，再奉獻給她。而女人也等同於藝術品，但她的美是我所不能占有和取獲的，她所之於我的部位，應該是能回應我的藝術和奉獻的部分。如果那種「回應」的聲質也能溶入我自身藝術的話。愛情原本就只是回應的藝術，其他的都不是。

五月二十八日

昨天禮拜一，我竟然陪著F上了一整天的課，兩人單獨相處才發現個性如此契合。結果我情不自禁向她示愛，她竟也以女人神奇的靈巧接受了，真是甜蜜的一天。

愈是深入她，愈是發現她驚人的與我適合之處，使我情不自禁地被她柔軟的個性吸引。回到家，才更驚覺到以我們倆的性情豈不正可結合得極緊密嗎？兩情相悅，各種黏膜又可互相覆蓋，她不正是我真正需要的人嗎？

我想要在剩下的日子真正地安定，這種安定的獲得是需要固定地被愛。也許是很平凡的愛情，也許是沒什麼未來的相處，但是如果能被一股大力量從根部種植，或許能改變我雜亂的生活結構。我的心靈和欲望都需要有歸宿，我的生命需要有方向感，那才是真正動力的基礎，我必須在心靈上毫無後顧之憂才能完成我的創造工作。

我是那麼深地渴望能擁有互相承諾的愛情，我想像那種愛情千百次，似乎不追求到一次，我心中日以繼夜的心願和悲痛也永不止息，我全身上下全部的意志此刻正在翻騰著，我不可能讓自己沒有全部獲得或全部受挫之前止息一絲我這股的衝力。

不知道我追求一個女人的方式到底是如何，我想我一直都是獲勝的，只是獲得的不是我所要的勝，一方面是時間的問題，我沒有時間持續不斷地對同一個使我受挫的女人付出，另一方面是女人對我的想像力問題，女人本身對我並沒有積極整體社會性需要的想像力，所以我總是獲得了女人的心卻得不到她們的人。

五月三十日

昨晚我生日，與F攤牌。原本以為兩人必決裂，絕望地回家去。一點的時候，沒想到繆慶達生，她竟然打電話給我，雖然她的理由是我們的話還沒講完。但其實是一種迂迴對我接受的符碼。使我難以自拔地被捲進這已被我糊裡糊塗開啟的迷戀的動勢裡。

我不知道她為什麼要接受被捲進這場動勢？且還為我騰出很大的空間？只因為不想傷害我嗎？還是在她的系統裡永遠看不到一個人是一件沒必要的事？還是她說的她並不討厭我？而我更期待的是她女性的潛意識在告訴她要把我留住，或是我所提供給她全心全意和專注的注視的潛已漸開啟她對親密關係的需要苗芽。

這兩個禮拜我幾乎完全失去現實感，整個人迷進她那雙孩子般清澈的眼睛，全部依賴著她。在我發現她奇異地可以被我依賴後。她為什麼可以讓我依賴呢？我真的是任性地在依賴她。一方面是這個階段我非常虛弱，彷彿把所有對人的需要都釋放出來，而她不知為什麼剛好就完全接受下我的這些死纏爛纏的依賴，也許只是因為天性不能拒絕別人，也許正如她所說的無妨。而我更期待的是她潛在的女性需要被如此依賴。

她並非在女性的感官上吸引我，相反地她非常粗枝大葉，在外表和言行舉止上她並不女性化，甚至粗線條到中性化的地步。但是她的個性卻吸引了我，她爽朗純真又柔軟的個性，

使我在她身邊很自然就想對她開放，且看到她覺得舒適和快樂。我可以忘掉自己，全心全意被吸進她的快樂或安靜裡。她有一種能像孩子般手舞足蹈的快樂天賦，且又有能自然平易地包容各種與她系統相牴事物的柔軟性，所以能帶給我舒適和快樂。而她全部的女性都集中在她的眼睛裡，我常貪婪地吸吮她眼裡嬰兒的美和寧靜的溫柔，彷彿在她眼前我是誰根本不重要，而我無論如何會被接納。

就是這段很寬的接納使我像陷入流沙般難以自拔，我愈來愈黏她，整個人都繫附在她身上。我體內整個敗壞腐臭。生活架構完全崩毀，內在沒任何信仰和價值。只想逃脫現實，卻又沒有逃離的座標。現實裡所有的東西都伺伏著要撲上來將我打爛撕碎，凝聚不起自己。她成為我逃離的一個缺口。她讓我逃避和休息。

我明白我得再踏下啟發另一個少女愛情天賦的路，等到她愛我的意識從沉睡中甦醒，恐怕我又得離開她，就是這樣一再輪迴的悲劇命運。我相信只要給她時間，她一定會愛上我，但是我必須絕對尊重她的完整性，讓她在我的注視下獲得溫柔的保護可以自由舒展她自身，我一點都不要扭曲她。或許她不可能接受我對她的欲望，但比起從前那一無所有的關係，這又算得了什麼，我可以溫柔地等待她接納或否定這一部分的關連，起碼我可以完全擁有她，她的生活和精神裡將只有我，我有權霸道地依賴她，想到這裡我就充滿欣慰和希望。

必須振作起來，把生活的架子重新撐住。我不在乎她和我的相異性，女人身上的任何東西都不重要了，只要她能接納我、讓我單獨地擁有，我相信自己就有足夠的動力去疼愛她、呵護她。現在什麼都不重要了，什麼人我都不管了，任何挫折和毀滅我都不怕，我只想被愛那麼一小下，為了這一點東西我要無所不用其極。所以要為了她，去撐起生活的架子。

五月三十一日

創作和閱讀、愛人和勞動，這就是我所需要生活的全部藍圖。但怎麼會多出那麼多東西呢？為了無聊的文憑所做的種種繁瑣的應付、屈辱自己的種種無意義遊戲、失敗的愛情事件所累積起來幻滅和挫折的空白歲月、徒然渡過的一天又一天、一夜又一夜，我該進行的創作和閱讀工作徒然地擱置，從來沒有安定下來、穩定且具有毅力地去進行它。生活一直像大海中隨波逐流的小舟，我在浪費我的生命。

生命沒有得到徹底的解決、生活不能如鉛錘般安定、無法累積生活的能力。一直試圖尋求解脫，但並未曾獲得任何解決、繼續隨波逐流、隱藏著龐大對世俗幸福的渴望。

我想要趕快再回復有力、有秩序的生活狀態，並且在無聊的瑣事間填補進意義飽滿的時間。首先得把所有過去腐敗發臭的事物都清除出去，讓海水流進我心底流滌我，隔絕欲望對我如髒水般的敗壞，對我與她起始的發展挫折完全麻木，再把我衝向藝術的渴望置入最高信仰，日日夜夜在心中孕孵著它，面對每天裡時間的孤獨性，不要想逃避對時間的責任。

「逃避對時間的責任」這是我的根本問題，所以我讓每天的大部分時間付諸流水。我不知我為何要逃避對時間的責任，也就是逃避對生存的責任？當我對我生命裡可以擁有的內涵失去體驗得到的肯定與實在感時，我就活在一種失重的真空感裡，然後任何一股引力都會將我擊向它的方向。我的生命體質就是屬於那種任性地不要負任何不真誠責任的類別，所

以

如果責任本身不能被我主動地深紮進我的生命根處，那麼我就會一直是飄游的，無法紮深無法紮進，但卻較能爆發出原創的力量。「完全無能負責——爆發出火藥般動力」這兩極在我身上幾乎是極端任性的，這可能就是屬於我自身的性質。而配合這種性質的規則就是，我得完全自己為自己選擇和安排每個責任的每個細節，絕不能勉強自己接受別人的一套規畫，甚至不要把自己負責任的倫理交付任何一種人類制度，否則我將會很快被扼滅生命的活潑性。而相反地，我對自己所選擇的責任也要完全信賴自己帶領的潛力，並相信聽自己心底的需要所行動的就是最好的，它總會帶到最大的自由境地獲得最高的創造。我要完全信仰自己是所謂真實的霸權決定者，其他一切外在的現象都不重要。

生日時我對自己立誓：我的生命要的就只有藝術和愛兩件東西，我要捨棄去追求這兩者。把我在生命所體驗的痛苦如痛苦本身力量地展現出來，去追尋到一個願意完全接納我的人，為了這兩個意義，我要不在乎任何我自身裡的痛苦和別人帶給我的挫折。時間的意義就是在死亡之前對這兩件任務的奉獻。

既然關於文憑這個大選擇完全是違逆我的本性，它是一種日日夜夜傷害著我生命活力和自由的虛偽選擇，所以阻礙我生命的自主發展，使我與時間締結仇恨關係，這可能形成我無能對時間負責的主因。

另一大主因是「空虛」被愛」的問題，長久得不到渴望中的被愛使我不時軟弱，我不知道這種軟弱可否以別的方式強化？這種軟弱似乎是我生命根本的軟弱之處，多年來它未曾徹底堅強起來過，總是停滯在深切渴望愛情的狀況裡。除非我徹底經驗到絕望，不再渴望這種形式的人生，拒絕任何想像的誘惑，且不再重墮回這裡；否則就只有做個不斷追逐不願放棄任何可能性的「超人」。而這種懷著稚子般希望的追逐意志可能就是忍受空虛的最大法寶，「愛的能力」可能是真正彌補空虛的正確方法。

至於「超越」或「解脫」可能只有待到最大的痛苦和絕望抵達後，就會自然臨到的吧，它不能追求。

六月三日

今天是值得紀念的日子，奮鬥了七年，終於走到我要走的終點，獲得我日日夜夜渴望的東西，F 竟然被我追到了，她在我十四天的追求行動後終於正式答應要跟我在一起，含蓄地表示她已經接受我為她的情人。非常激動，也非常疲乏，之於我遲來的幸福。

我得開始把她計畫到我的未來了，她就是應我的召喚而來到的生命贈與，我要好好地用我全部的生命活力來疼愛她珍惜她，我如今有一個我的女人了，她就是我充注我熱情和藝術的容器，她是完全屬於我的唯一一個人。感謝上帝。

六月四日

剩下的這個月我要好好應付功課，好好愛F，其他的什麼都不管了。一件一件事慢慢解決，就像妹妹說的。

未來我全盤的生命都要從頭計畫，從我擁有我所要的一切作為全新的起點。生命是什麼要如何過我的一生，要重新思考起，也要重新設計起。

F進入我的生命可能改變我整個生命的體質，我有一種堅強的直覺：（她會屬於我，因為她根本一點都拒絕不了我）。現在想到她心裡都甜蜜得要溢了出來，她怎麼會這樣呢？怎麼會這樣任我予取予求？怎麼會是這麼可愛的女人呢？我到底給了她什麼無法拒絕的東西，為什麼我要使她對我產生關連，無法離開我了？她現在需要我嗎？她對我所產生的是什麼樣的感情？

我真的變得像個孩子一樣依賴她，在她面前我幾乎完全退化成一個小孩子，因為她總能讓我依賴，我的全部熱情幾乎都能發洩在她身上，並獲得她的回應。她無法拒絕我的熱情。我的熱情就是使她和我產生連繫的凝劑。

六月五日

我必須從現在開始學習過一種對我所愛的人負責的生活，也許今生就過這麼一次，也許今生就這麼一個人能完全屬於我，如果我要把愛投注到另一個人身上，全部傾倒也就在這麼一遭了。我這一輩子最想做的也只有兩件事：愛和藝術。

時間開始對我展現積極的意義，時間開始自己策動我緊密地附著在時間上，我想接著就是時間裡的每個點能自己策進我的意義意志裡，並且我的生命能產生連續性。

她，無論她的單獨性是什麼，她對我代表的是女性意志中我可以直接與之溝通的支流和缺口。她是屬於我的花園，她是完全沉睡的花園有著純白的土壤，我要種植什麼美麗的花朵，我要將她啟發到什麼方向上去，她就會展現什麼樣的女性美。

我要把我的過去完全拋掉，徹底建構一種以愛和藝術為全部的生活秩序，其餘的廢物一樣也不要留。

我是到了真的需要一個人在我生活裡作中心的點了，最需要的就是完全放開自己地去依賴一個人，最渴望的就是能有一雙美麗的眼睛可以自由進入休息，這樣的日子來臨了，我無法抵擋我心中的這股聲音。只好聽任我的命運的帶領。

六月七日

明天就是大學的畢業典禮了，所有的人都一起來敲我的門，齊聚到我眼前，我鐵著心一點數他們又趕他們離去，眼淚一滴也流不出來。正如同跟阿遠說的：雖然非常熱鬧但我完全是空心的。我知道我很想哭，非常非常想哭，觸目所及的任何東西都是悲傷的。但是一滴眼淚也流不出來，眼前除了F外沒有任何一個人值得我向他流淚。

只想明天能趕快看到F，那個唯一可能屬於我的女人，我能再像個小孩一樣依頓她，緊抱她深吻她，她是使我逃脫這個悲傷地獄的翅膀。

文學叢書176

邱妙津日記【上冊】

作　　者　邱妙津
編　　者　賴香吟
總 編 輯　初安民
特約編輯　陳佳琦
視覺構成　李晨正
校　　對　陳佳琦　賴香吟

發 行 人　張書銘
出　　版　INK印刻文學生活雜誌出版股份有限公司
　　　　　新北市中和區建一路249號8樓
　　　　　電話：02-22281626
　　　　　傳真：02-22281598
　　　　　e-mail：ink.book@msa.hinet.net
網　　址　舒讀網 http://www.inksudu.com.tw

法律顧問　巨鼎博達法律事務所
　　　　　施竣中律師
總 經 銷　成陽出版股份有限公司
　　　　　電話：03-3589000（代表號）傳真：03-3556521
郵政劃撥　19785090 印刻文學生活雜誌出版股份有限公司
印　　刷　海王印刷事業股份有限公司

港澳總經銷　泛華發行代理有限公司
地　　址　香港新界將軍澳工業邨駿昌街7號2樓
電　　話　852-27982220
傳　　真　852-27965471
網　　址　www.gccd.com.hk

出版日期　2007年12月　初版
　　　　　2024年1月12日　初版十二刷
ISBN　　　978-986-6873-50-8（平裝）
　　　　　978-986-6873-51-5（精裝）

定　　價　（上下兩冊·不分售）平裝 599 元　精裝 750 元

國家圖書館出版品預行編目資料

邱妙津日記 / 邱妙津著.
--初版.--新北市中和區：INK印刻，
2007〔民96〕面；　公分.--（文學叢書；176）
ISBN 978-986-6873-50-8（全套：平裝）
978-986-6873-51-5（全套：精裝）

855　　　　　　　　　　　　　96022718